Anton Baule

Über Raumcurven sechster Ordnung

Antigonos

Anton Baule

Über Raumcurven sechster Ordnung

Unveränderter Nachdruck der Originalausgabe von 1872.

1. Auflage 2024 | ISBN: 978-3-38635-125-6

Antigonos Verlag ist ein Imprint der Outlook Verlagsgesellschaft mbH.

Verlag: Outlook Verlag GmbH, Zeilweg 44, 60439 Frankfurt, Deutschland, info@outlook-verlag.de
Vertretungsberechtigt: E. Roepke, Zeilweg 44, 60439 Frankfurt, Deutschland
Druck: Libri Plureos GmbH, Friedensallee 273, 22763 Hamburg, Deutschland

ÜBER

RAUMCURVEN

SECHSTER ORDNUNG.

INAUGURAL-DISSERTATION

ZUR

ERLANGUNG DER PHILOSOPHISCHEN DOCTORWÜRDE

AN DER

UNIVERSITÄT GÖTTINGEN

VON

ANTON BAULE.

GÖTTINGEN,

DRUCK DER UNIVERSITÄTS-BUCHDRUCKEREI VON E. A. HUTH.

1872.

In Cambr. and Dublin Mathem. Journ. Vol. V. sind von
Salmon die Raumcurven 4ter u. 5ter Ordnung behandelt. Die
Behandlungsweise derselben beruht im Wesentlichen darauf,
die Curven nach den von Cayley eingeführten Singularitäten
einzutheilen und nach der Zahl der scheinbaren und wirklichen Doppelpunkte die Familien und Classen der Curven zu
bestimmen. In der folgenden Untersuchung sollen die Curven 6ter Ordnung behandelt und dabei die Methode der eindeutigen Abbildung zu Grunde gelegt werden, welche bis
jetzt hauptsächlich von Hr. Clebsch zur Betrachtung der Curven benutzt wurde [1]. Es erfordert dieses Princip der Abbildung die eindeutige Uebertragung der Raumcurven auf eine
Ebene, so zwar, dass die ebenen Curven den Raumcurven
Punkt für Punkt entsprechen. Eine derartige Abbildung der
Curven wird durch die ebene Abbildung der Flächen ermög-
licht, auf denen die Raumcurven verlaufen. Es lässt sich
nun zeigen, dass die Curven 6ter Ordnung immer auf einer
eigentlichen oder zerfallenden Fläche 3ter Ordnung liegen.
Beachtet man nemlich, dass eine Fläche 3ter Ordnung mit
einer Curve 6ter Ordnung allgemein 18 Punkte gemein hat,
nnd durch 19 Punkte eine Fläche 3ter Ordnung möglich ist,
so kann man immer eine genügende Zahl von Punkten auf der
Curve 6ter Ordnung wählen, durch welche man eine wirkliche
oder zerfallende Fläche 3ter Ordnung legen kann. Zu den
Bestandtheilen einer zerfallenden Fläche gehört die Ebene
und die Fläche 2ter Ordnung. Die erstere ergänzt man durch
eine beliebige Fläche 2ter Ordnung, die letztere durch eine

---

[1] Vgl. Clebsch: Borchardt's Journ. Bd 63 u. 64.
       ,,   Mathem. Annalen Bd I.

beliebige Ebene zu einer Fläche 3ter Ordnung. Damit ist sogleich die Eintheilung der nachstehenden Arbeit gegeben. Es werden darin die einzelnen Flächen in ihrer ebenen Abbildung untersucht mit Beziehung auf die Curven 6ter Ordnung, welche auf denselben beschrieben werden können. Aus dem Verhalten der Curven in der Ebene gegen die Fundamentalgebilde schliessen wir auf das Verlaufen der entsprechenden Curven auf der Fläche. Eine wesentliche Rolle spielt bei dieser Untersuchung das Geschlecht der Curven oder die Klassenzahl p der zugehörigen Abel'schen Functionen. Es gibt diese Zahl ein Criterium für das eindeutige Entsprechen zweier Curven, und es werden die Curven, welche wir durch die Abbildung ein und derselben Fläche erhalten und welche dasselbe p besitzen, solange zu derselben Gruppe zu rechnen sein, als nicht andere Eigenschaften der Curven unterscheidend hinzutreten. Dieser letztern Eigenschaften wird an passender Stelle Erwähnung geschehen. Dabei wird zugleich bewiesen werden, dass die von Cayley angegebenen Singularitäten zur vollständigen Characterisirung der Curven nicht genügen. Wir werden auf Curven geführt werden, welche dasselbe p haben und bei denen die übrigen Singularitäten sämmtlich übereinstimmen, welche aber dennoch wesentlich verschiedene Eigenschaften besitzen. Die unterscheidenden Merkmale werden für uns die Flächen selbst sein, auf denen die Curven 6ter Ordnung verlaufen. Allgemein ist eine Raumcurve durch die Gleichungen von 2 Flächen gegeben. Eine dieser 2 Flächen können wir nun immer als diejenige Fläche zu Grunde legen, welche für die Curve auf ihr von besonderer Bedeutung ist und derselben den ihr eigenthümlichen und characteristischen Typus verleiht. Bei den Curven 6ter Ordnung sind es die Flächen 2ter und 3ter Ordnung, welche für dieselben von besonderer Wichtigkeit sind. Wir werden Curven 6ter Ordnung erhalten, deren besondere Eigenschaften nur darin ihren Grund haben, dass man durch dieselben entweder eine Fläche 2ter oder nur eine Fläche 3ter Ordnung legen kann. Eine solche Fläche, welche den Curven den ihnen eigenthümlichen Character gibt, soll im Folgenden die characteristische Fläche der betreffenden Curvengruppen genannt werden.

Mit Uebergehung der Curven 6ter Ordnung, bei denen die characteristische Fläche eine Ebene ist, werden wir also zunächst 2 Hauptclassen von Curven 6ter Ordnung haben. Die eine Classe hat die Fläche 2ter, die andere die Fläche 3ter Ordnung zur characteristischen Fläche. Eine dritte Classe von Curven 6ter Ordnung erhalten wir durch folgende Ueberlegung. Durch eine Raumcurve 4ter Ordnung, welche durch die Gleichungen zweier Flächen 2ter Ordnung gegeben ist, lässt sich bekanntlich ein ganzes Büschel von Flächen 2ter Ordnung legen. Ebenso kann man durch eine Raumcurve 3ter Ordnung, welche der theilweise Durchschnitt zweier Flächen 2ter Ordnung ist, eine zweifach unendliche Schaar von solchen Flächen 2ter Ordnung legen, welche sämmtlich die Curve 3ter Ordnung und eine gerade Linie gemein haben. Aehnlich ist es bei den Raumcurven 6ter Ordnung. Es giebt Gruppen von Curven 6ter Ordnung, welche die Eigenschaft haben, dass man durch dieselben mehr als eine Fläche 3ter Ordnung beschreiben kann, ohne dass es jedoch möglich wäre, eine Fläche 2ter Ordnung durch die Curven zu legen. Es kann also bei diesen Curven nicht von einer characteristischen Fläche die Rede sein. Diese Curven 6ter Ordnung werden sich als wesentlich verschieden von denjenigen herausstellen, welche nur auf einer Fläche 3ter Ordnung liegen. Wir haben deshalb 3 Hauptclassen von Curven 6ter Ordnung, welche im Folgenden betrachtet werden sollen.

1) Curven 6ter Ordnung, welche auf der allgemeinen und ausgearteten Fläche 2ter Ordnung liegen;

2) Curven 6ter Ordnung, durch welche man mehr als eine Fläche 3ter, aber keine Fläche 2ter Ordnung legen kann;

3) Curven 6ter Ordnung, welche auf nur einer Fläche 3ter Ordnung liegen.

Die erste Classe von Curven, welche auf den Flächen 2ter Ordnung liegen, wollen wir vollständig behandeln, während wir uns bei der zweiten Classe auf die Curven beschränken, welche durch den Schnitt von allgemeinen Flächen entstehen. Die zur dritten Classe gehörigen Curven sollen auch nur theilweise betrachtet werden, insofern nemlich die characteristische Fläche eine allgemeine und eine windschiefe Fläche 3ter Ordnung ist.

Die numerische Berechnung der Singularitäten geschieht mit Hülfe der Plücker-Cayley'schen Gleichungen, welche zwischen denselben bestehen [1]. Nach den Bezeichnungen von Cayley ist m die Ordnung, n die Classe, r der Rang der Raumcurve, α die Zahl der stationären Ebenen, β die der stationären Punkte, h die Zahl der scheinbaren Doppelpunkte, g die Zahl der Schnitte zweier Ebenen des Systems in einer gegebenen Ebene, x die Ordnung und y die Classe der Doppelcurve der zugehörigen abwickelbaren Fläche. Zu den zwischen diesen 9 Grössen geltenden Gleichungen fügen wir den Ausdruck für das Geschlecht p der Curve. Für eine Curve $k$ter Ordnung mit δ Doppel- und ϱ Rückkehrpunkten ist

$$p = \frac{(k-1)\ (k-2)}{2} - \delta - \varrho$$

Durch Einführung der entsprechenden Grössen für Raumcurven entstehen aus der vorstehenden Gleichung die von Hr. Clebsch aufgestellten Formeln [2]

$$\begin{aligned}
2p - 2 &= m + n - 2r \\
&= r - 2m + \beta = r - 2n + \alpha \\
&= m(m-3) - 2h - 2\beta = n(n-3) - 2g - 2\alpha \\
&= r(r-3) - 2x - 2m = r(r-3) - 2y - 2n.
\end{aligned}$$

Sind 3 der 10 Grössen bekannt, so kann man aus diesen Gleichungen alle übrigen berechnen. Für die Curven 6ter Ordnung ist $m = 6$, ferner lässt sich h oder β für die einzelnen Curven von vorneherein angeben. Eine dritte bestimmbare Grösse ist noch das Geschlecht p, dessen Werth sich aus der Ordnung und den Singularitäten der Bildcurve vermittelst obiger Formel ergibt. Die Grenzen, welche die Zahl p nicht überschreiten darf, sind 0 u. 10, solange es sich um eigentliche Curven 6ter Ordnung handelt. Für die Raumcurven wird sich ein anderer Werth der obern Grenze herausstellen. Die folgende Untersuchung wird lehren, dass der höchste Werth von p demjenigen gleich ist, welcher der voll-

---

[1] Vgl. Leouville's Journ. tom. X. p. 245 ff.
[2] „ Clebsch: Borchardt's Journ. Bd 64.

ständigen Durchdringungscurve einer Fläche 2ter und 3ter Ordnung bei allgemeiner Lage der Flächen zugehört. Das Geschlecht wird demnach höchstens $p = 4$ sein. Dieses ist die Zahl der Punkte, in denen sich 2 Flächen 2ter und 3ter Ordnung bei nicht zerfallender Schnittcurve noch berühren können. Bei ebenen Curven 6ter Ordnung bleiben die obigen Grenzen 0 und 10 gelten. So wird die allgemeinste ebene Curve 6ter Ordnung $p = 10$ haben. Dieser Werth variirt je nach dem Auftreten der Doppel- und Rückkehrpunkte, deren Maximalzahl für nicht zerfallende ebene Curven 10 sein kann.

Die characteristische Fläche der Curven 6ter Ordnung ist eine allgemeine Fläche 2ter Ordnung.

Zum Zweck der Untersuchung der Curven 6ter Ordnung auf der allgemeinen Fläche 2ter Ordnung bedienen wir uns der Abbildung der Fläche auf einer Ebene. Man verschafft sich das Bild derselben in folgender Weise [1]). Zieht man von einem festen Punkte A der Fläche eine Gerade, welche die Fläche noch in einem Punkte P und verlängert die Bild-ebene in einem Punkte Q trifft, so ist Q das Bild von P. So kann man jedem Punkte der Fläche einen Punkt der Ebene eindeutig entsprechen lassen und umgekehrt. Rückt der Punkt P an A nahe heran, so wird die gerade Linie zur Tangente. Dieselbe bildet, wenn man P um A herum-wandern lässt, in den unendlich vielen Lagen die Tangen-tenebene von A. Es wird dann der Punkt A und seine nächste Umgebung durch die ganze gerade Linie abgebildet, in welcher die Tangentenebene die Bildebene schneidet. Diese Fundamentalgerade der Ebene stellt sämmtliche Punkte dar, welche die Tangentenebene mit der Fläche gemein hat. Je-dem Punkte der Geraden entspricht der Punkt A oder ein unendlich nahe an A liegender Punkt. Nur 2 Punkte ma-chen eine Ausnahme. Es sind dieses die sogen. Fundamen-talpunkte. Diesen Punkten, sie mögen 0 und 0′ heissen,

---

[1]) Vgl. Plücker: Borchardt's Journ. Bd. 34.
Chasles: Comptes rendus. tom. 53.

entsprechen die 2 Erzeugenden der Fläche, welche in der Tangentenebene liegen. Der übrige Theil der Geraden ist das Bild des Berührungspunktes. Liegt nun eine Curve auf der Fläche gegeben vor, so wird sich dieselbe in bestimmter Weise zu der Tangentenebene d. h. zu den Erzeugenden in ihr und dem Berührungspunkte verhalten. Zunächst ist offenbar, dass soviel Punkte der Curve in der Tangentenebene liegen müssen, als die Ordnung anzeigt. Diese Zahl von von Punkten muss in die Erzeugenden oder in diese und in den Berührungspunkt fallen. Dem Verhalten der Curve auf der Fläche entspricht ein ganz bestimmtes Verlaufen der entsprechenden Curve in der Bildebene mit Bezug auf die Fundamentalgebilde. Die Bildcurve schneidet die Fundamentalgerade entweder in den Punkten 0 und 0', oder theils in diesen, theils ausserhalb derselben. Im ersten Falle trifft die Curve auf der Fläche die Erzeugenden, im zweiten geht dieselbe auch durch den Berührungspunkt. Den zweiten Fall können wir bei unserer Untersuchnng ausser Acht lassen, da die Wahl des projicirenden Punktes ganz willkürlich ist. Wir können immer einen Punkt auf der Fläche wählen, durch welchen die Curve nicht geht. Haben wir also auf der Fläche eine Curve 6ter Ordnung, so fallen die 6 Punkte, welche die Tangentenebene mit der Curve gemein hat, in die Erzeugenden. Es mögen a Punkte der Curve 6ter Ordnung auf der einen und b Punkte derselben auf der andern Erzeugenden liegen, dann ist

$$a + b = 6.$$

In der Abbildung haben wir der Centralprojection gemäss wieder eine Curve 6ter Ordnung, welche a mal durch den einen und b mal durch den andern Fundamentalpunkt geht. Wir bezeichnen die Curve durch das Symbol (a, b).

Die vorige Gleichnng lässt sich auf dreifache Weise befriedigen. Der Werth Null für eine der Grössen a und b ist auszuschliessen, weil in dem Falle, wo a oder b gleich 6 würde, die projicirte Curve 6ter Ordnung einen sechsfachen Punkt erhielte, was nur für eine in 6 gerade Linien zerfallende Curve 6ter Ordnung möglich ist. Die Curven ferner, welche durch Vertauschung von a und b entstehen, lassen wir unberücksichtigt, da nur ihre Lagen gegen die 2 Schaa-

ren von Erzeugenden, nicht ihre Eigenschaften andere sind. Die voneinander verschiedenen Curven 6ter Ordnung, welche auf der Fläche 2ter Ordnung liegen, sind also
$$(5,1); (4,2); (3,3).$$
Das Geschlecht der Curve (a, b) ist mit Rücksicht darauf, dass ein r facher Punkt für $\dfrac{r \cdot (r-1)}{2}$ Doppelpunkte zählt:
$$p = \frac{(a+b-1)\,(a+b-2)}{2} - \frac{a \cdot (a-1)}{2} - \frac{b\,(b-1)}{2}$$
$$= (a-1)\,(b-1).$$
Dieser Werth von p ist noch um die Zahl der vielfachen Punkte zu vermindern, welche in der Bildebene ausserhalb der Fundamentalpunkte auftreten können. Das geschieht, wenn die Curve auf der Fläche wirkliche singuläre Punkte besitzt, die beiden Flächen in ihrer Durchdringung sich also einfach oder stationär berühren.

Ueber die Fläche, welche zugleich mit der Fläche 2ter Ordnung die Curve 6ter Ordnung gemein hat, gibt uns der Satz Aufschluss, dass der vollständige Durchschnitt zweier Flächen sich als Curve abbildet, bei welcher $a = b$, gleich der Ordnung der zweiten Fläche ist. Ist a von b verschieden, so gibt die grössere der beiden Zahlen den Grad der gesuchten Fläche an [1]).

Es entsteht also die Curve (5,1) aus der Durchdringung einer Fläche 2ter mit einer Fläche 5ter Ordnung. Beide Flächen haben ausser der Curve 6ter Ordnung eine Curve 4ter Ordnung gemein, welche aus 4 Erzeugenden derselben Schaar besteht. Dieselben bilden sich als gerade Linien ab, welche den einen Fundamentalpunkt mit $b = 1$ zu einem fünffachen Punkte der ganzen Bildcurve ergänzen. Die Singularitäten der Curve (5,1) kann man aus den frühern Gleichungen berechnen. Es ist $m = 6$ und $p = 0$. Der Werth von h ergibt sich aus der bekannten Formel:
$$2(h-h') = (m-m')\,(\mu-1)\,(\nu-1),$$
wo h und h' die Anzahl der scheinbaren Doppelpunkte der Curven von den Ordnungen $m = 6$ und $m' = 4$ angeben,

---

[1]) Vgl. Clebsch: Mathem. Annalen Bd. I.

μ und ν die Grade der 2 Flächen also 5 und 2 sind. Es ist h' die Zahl der scheinbaren Doppelpunkte, welche von den 4 sich nicht schneidenden Geraden herrühren, oder der Zahl der Doppelpunkte äquivalent, welche der vierfache Punkt liefert. Also ist $h' = 6$ und deshalb $h = 10$, wie es wegen $p = 0$ sein muss. Die übrigen Singularitäten sind

$$n = 12, \; r = 10, \; \alpha = 6, \; \beta = 0, \; g = 49, \; x = 30, \; y = 24.$$

Eine Berührung der beiden Flächen ist unzulässig, solange aus dem Durchschnitt derselben eine eigentliche Curve 6ter Ordnung hervorgehen soll.

Die Curve 6ter Ordnung mit dem Symbol (4,2) ist der theilweise Durchschnitt der allgemeinen Fläche 2ter mit einer Fläche 4ter Ordnung. Die beiden Flächen haben die Curve 6ter Ordnung und 2 Erzeugende derselben Schaar gemein, welch letztere sich als 2 Gerade durch den einen Fundamentalpunkt abbilden. Es ist in diesem Falle $h' = 1$, $m' = 2$, $\mu = 4$ und $\nu = 2$. Da ferner $p = 3$ für die Curve 6ter Ordnung ist, so sind die Singularitäten:

$$m = 6, \; n = 30, \; r = 16, \; h = 7, \; g = 355, \; \alpha = 48, \; \beta = 0,$$
$$x = 96, \; y = 72, \; p = 3.$$

Die Flächen können sich im Allgemeinen in 9 Punkten berühren. Um jedoch eine eigentliche Curve 6ter Ordnung aus ihrer Durchdringung zu erhalten, ist eine Berührung in höchstens 3 Punkten möglich. Die Berührungspunkte können theils einfacher, theils stationärer Natur sein, woraus dann noch 9 Curven 6ter Ordnung resultiren.

Die Curve (3,3) ist nach dem obigen Satze das Bild eines vollständigen Durchschnitts, und zwar der Fläche 2ter mit einer Fläche 3ter Ordnung. Die Singularitäten der Curve sind:

$$m = 6, \; n = 36, \; r = 18, \; g = 531, \; h = 6, \; \alpha = 60, \; \beta = 0,$$
$$x = 126, \; y = 96, \; p = 4.$$

Die Flächen 2ter und 3ter Ordnung können sich, im Falle die vollständige Durchschnittscurve nicht zerfällt, noch in 4 Punkten einfach oder stationär berühren. Durch die Combinationen von einfacher und stationärer Berührung ergeben sich demnach noch 14 verschiedene Curven 6ter Ordnung. Die Singularitäten derselben lassen sich nach den obigen Gleichungen leicht aufstellen, da durch die Annahmen, welche man macht, die Grösse h oder β einen bestimmten Werth annimmt. So sind für eine in 4 Punkten stattfindende stationäre Berührung die bekannten Grössen $m = 6$, $p = o$, $\beta = 4$ [1]).

Die Curven, welche man durch solche Annahmen erhält, sind specielle Fälle der allgemeinen Curven 6ter Ordnung, insofern sie durch continuirliche Parameteränderung erzeugt werden können. Als solche sollen sie nicht weiter betrachtet werden. Zu erwähnen ist hier nur der Umstand, dass es unter den Curven solche gibt, welche den Singularitäten nach mit Curven übereinstimmen, auf welche man beim Durchschnitt zweier Flächen 2ter und 4ter Ordnung kommen kann. Nimmt man z. B. für die Flächen 2ter und 3ter Ordnung eine einfache Berührung in 3 Punkten an, während die Flächen 2ter und 4ter Ordnung sich in 2 Punkten einfach berühren und ausserdem 2 Erzeugende gemein haben, so sind die Singularitäten beider Curven 6ter Ordnung mit einander identisch. Sie sind $m=6$, $p=1$, $\beta=o$, $h=9$ ctr. Dabei ist jedoch zu bemerken, dass gleichwohl in den Singularitäten eine Verschiedenheit vorhanden ist und zwar in der Zahl der wirklichen und scheinbaren Doppelpunkte. Eine Uebereinstimmung in den Zahlen rührt eben daher, dass die wirklichen Doppelpunkte mit in der Zahl h der scheinbaren Doppelpunkte einbegriffen sind. Abgesehen von dieser Abweichung in den Singularitäten hat jedoch die Verschiedenheit der Curven hauptsächlich im Folgenden ihren Grund. Man müsste nemlich, falls beide Curven vollständig identisch wären, durch dieselben ausser der Fläche 2ter Ordnung eine Fläche 3ter und 4ter Ordnung hindurchlegen können. Dieses widerspricht aber dem oben angeführten Satze der Abbildungstheorie einer Fläche 2ter Ordnung. Es sind dieses also Curven 6ter Ordnung, welche trotz der Identität der characteristischen Zahlen wesentlich von einander verschieden sind.

------

[1]) Vgl. Salmon: Cambr. a. Dublin Math. Journ. Vol. V.

Die characteristische Fläche der Curven 6ter Ordnung
ist der Kegel 2ter Ordnung.

Die Abbildung des Kegels auf einer Ebene geschieht, analog derjenigen einer allgemeinen Fläche 2ter Ordnung. Man hat nur zu berücksichtigen, dass die beiden Erzeugenden, welche sich früher in einem Punkte A der Fläche schnitten, beim Kegel zusammenfallen. Es müssen demnach auch die beiden Fundamentalpunkte, welche auf dem Bilde des Punktes A liegend den 2 Erzeugenden entsprechen, unendlich nahe an einander rücken, jedoch so, dass die Richtung der Fundamentalgeraden durch die 2 unendlich nahen Punkte bestimmt bleibt. Den Projectionspunkt wählen wir wieder so, dass eine Curve, welche auf dem Kegel verläuft, nicht durch denselben geht. In der Abbildung wird es also Curven geben, deren Zweige in dem Orte der Fundamentalpunkte die Fundamentalgerade theils schneiden theils berühren. Das Erstere deutet an, dass die Curve auf der Fläche durch die Spitze des Kegels geht, das Letztere, dass die Erzeugende, auf welcher der Projectionspunkt gewählt ist, von denselben geschnitten wird. Die Zahl der Punkte, welche die Fundamentalgerade mit der Bildcurve in den 2 unendlich nahen Punkten gemein hat, ist identisch mit der Ordnung N der Raumcurve. Berühren also a Zweige der Curve die Gerade in den 2 zusammenfallenden Punkten und gehen b Zweige durch dieselben hindurch, so muss

$$N = 2a + b$$

sein. In dieser Gleichung ist der Werth $a = 0$ auszuschliessen, weil bei $a = 0$ die Abbildungscurve von der Ordnung b wäre und zugleich einen b fachen Punkte hätte, also in Gerade zerfiele. Für unsere Untersuchung ist

$$2a + b = 6.$$

Wir erhalten also, wenn wir uns des Symbols $[a, b]$ mit der angegebenen Bedeutung bedienen, die auf dem Kegel möglichen Curven 6ter Ordnung unter der Bezeichnung [1,4]; [2,2]; [3,0]. Von diesen 3 Curven 6ter Ordnung geht die Curve [1,4] einmal durch die Erzeugenden und hat in der Spitze des Kegels einen wirklichen vierfachen Punkte; die

Curve [2,2] trifft die Erzeugenden an 2 Stellen und hat einen Doppelpunkt in der Spitze, die Curve [3,0] endlich geht 3 mal durch die Erzeugenden und nicht durch die Spitze.

Der Kegel 2ter Ordnung ist hier die characteristische Fläche 2ter Ordnung, welche allein durch diese Curven 6ter Ordnung gelegt werden kann. Es folgt daraus, dass diese Curven wegen etwaiger Identität in den Singularitäten nicht mit solchen Curven übereinstimmen können, welche auf der allgemeinen Fläche 2ter Ordnung liegen.

Es soll untersucht werden, um wie viele Einheiten das Geschlecht p der Curven durch die im Fundamentalpunkte auftretenden Singularitäten der Bildcurven erniedrigt wird. Rückkehrpunkte in den 2 unendlich nahen Punkten können wir unbeachtet lassen, da das Auftreten derselben durch die ganz willkürliche Wahl des Projectionspunktes vermieden werden kann. Die Spitzen der Bildcurve würden andeuten, dass die Erzeugende, auf welcher der projizirende Punkt gerade gewählt ist, eine Tangente der Raumcurve ist. Die vielfachen Punkte, welche wir in der Ebene betrachten, werden also nur davon herrühren, dass die Curve auf dem Kegel durch die Spitze desselben geht und die Erzeugenden schneidet.

Ein Mittel, die Erniedrigung des p der obigen Curven zu erfahren, bietet uns die folgende analytische Betrachtung.

Wir beginnen mit der Feststellung des Geschlechts der Curve [3,0], welche 3 sich in einem Punkte berührende Zweige besitzt. Es wird sich vor allem darum handeln, den Verlauf der Curve in der Nähe des Berührungspunktes kennen zu lernen. Wir verlegen zu dem Zwecke den Anfangspunkt eines orthogonalen Coordinatensystems in den fraglichen Punkt. Wir nehmen ferner an, dass die Fundamentalgerade oder die Tangente der 3 sich berührenden Zweige durch $x = 0$ d. h. durch die y-Axe repräsentirt wird. Für den Fall, dass ein einzelner Zweig der Curve im Anfangspunkte der Coordinaten die y-Axe berührt, ist nun der Typus der Curve in der unmittelbaren Nähe des Nullpunktes durch die ersten Terme der Gleichung gegeben. Es sind diese bekanntlich für die gemachte Annahme

$$o = x + ay^2 + \cdot \cdot \cdot \cdot$$

Demnach wird x annähernd mit y^2 vergleichbar, und die Curve hat in ihrem Verlauf eine kurze Strecke mit der Gestalt einer Parabel Aehnlichkeit. Die Curve 6ter Ordnung wird also in der unmittelbaren Nähe des Nullpunktes durch die Gleichung

$$0 = (x + \alpha y^2)(x + \beta y^2)(x + \gamma y^2)$$

characterisirt und allgemein durch eine Gleichung von der Form

$$0 = (x + \alpha y^2)(x + \beta y^2)(x + \gamma y^2) + \varphi_4 + \varphi_5 + \varphi_6$$

gegeben sein, wo α, β, γ Coustante und die φ_i Functionen $i$ten Grades in x und y sind. Damit aber wirklich der erste Term in der Nähe des Nullpunktes bis auf Terme höherer Ordnung die Curve darstelle, müssen die Functionen $\varphi_4, \varphi_5, \varphi_6$ besondern Bedingungen genügen. Es müssen sämmtliche Terme derselben in einer höhern als der 6ten Dimension verschwinden, wenn man x durch y^2 ersetzt. Die Folge ist, dass in φ_4 die Glieder mit x^2y^2, xy^3, y^4, in φ_5 die Glieder mit xy^4, y^5 und in φ_6 das Glied mit y^6 fehlen müssen. Es gestaltet sich demnach die vorige Gleichung in die folgende um:

$$\text{I.} \quad 0 = (x + \alpha y^2)(x + \beta y^2)(x + \gamma y^2) + x^3 \varphi_1 + x^2 \varphi_3 + x \varphi_5.$$

Aus dieser Gleichung lässt sich nun das Geschlecht p, wie folgt, finden. Wir sehen nach, ob sich Abel'sche Integrale erster Gattung in Bezug auf die Curve [3,0] bilden lassen und im Falle der Möglichkeit, wie viele linear unabhängige es deren gibt. Die Zahl dieser Integrale ist dann mit dem gesuchten Geschlecht der Curve identisch. Die Normalform der Integrale erster Gattung ist die, bei welcher unter dem Integralzeichen im Zähler eine Function $\Theta(x, y) = 0$ der $(n-3)$ten Ordnung und im Nenner die linke Seite der Gleichung der Polare einer Curve $f(x, y) = 0$ der $n$ten Ordnung steht [1]).

Die Classenzahl der Abel'schen Functionen ist nun

$$p = \frac{(n-1)(n-2)}{2},$$

solange die Curve $f = 0$ keine vielfachen Punkte besitzt.

---

[1]) Vgl. Clebsch: Borchardt's Journ. Bd. 63.

Gibt es solche auf der Curve, so geht die Polare durch dieselben und es muss auch Θ in gleich hoher Ordnung mit dem Nenner für dieselben verschwinden.

Wählen wir den unendlich fernen Punkt der X-Axe zum Pol, so ergibt sich für die Curve $(3,0)$ die Gleichung der Polare durch Differentiation der Curvengleichung nach x in der Gestalt

$$f'(x) = 0 = (x + \beta y^2)(x + \gamma y^2) + \cdots + 3 x^2 \varphi_1 + x^3 \frac{d\varphi_1}{dx} + \cdots$$

Es stellt diese Gleichung eine Curve 5ter Ordnung dar, welche in den 2 unendlich nahen Punkten die Fundamentalgerade mit 2 Zweigen berührt. Die Function Θ muss daher so beschaffen sein, dass auch für sie die Terme niedrigster Ordnung nur aus dem Gliede x^2 bestehen. Man hat also:

$$\Theta = 0 = x^2 + p x^3 + q x^2 y + r x y^2 + s y^3.$$

Das Integral erster Gattung wird daher

$$\int \frac{x^2 + p x^3 + q x^2 y + r x y^2 + s y^3}{(x + \beta y^2)(x + \gamma y^2) + \cdot\cdot}\, dy,$$

wo man sich für das Folgende auf die angeführten Terme beschränken kann.

Für die Nähe des zu untersucheuden Punktes ist auf einem Zweige annähernd $x + \alpha y^2 = 0$. Setzen wir deshalb den Werth $x = -\alpha y^2$ in die Function $\dfrac{\Theta}{f'(x)}$, so nimmt das Integral ohne Beachtung der Glieder höherer Ordnung $-p\alpha^3 y^6 + q\alpha^2 y^5$ die Gestalt an

$$\int \frac{\alpha^2 y^4 - r\alpha y^4 + s y^3}{(\beta - \alpha)(\gamma - \alpha) y^4}\, dy.$$

Soll nun Zähler und Nenner in gleich hoher Potenz verschwinden, wie es sein muss, so folgt noch $s = o$. Es bleiben demnach für Θ nur 4 Glieder, welche ebenso viele Integrale erster Gattung liefern. Damit ist aber zugleich das Geschlecht $p = 4$ der Curve $[3,0]$ gegeben. Wir sehen hieraus, dass eine in einem Punkte stattfindende Berührung von 3 Curvenzweigen für 6 Doppelpunkte zählt. Aus einem Grenzübergange ist dasselbe ersichtlich. Man kann sich die Berührung von 3 Curvenzweigen wie die von 2 Zweigen entstanden denken. Die 2 sich berührenden Zweige schnitten sich vor der Berührung in 2 Punkten. Durch das Zusammenrücken der 2 Doppelpunkte entstand die Berührung. Ebenso schneiden sich 3 in Berührung befindliche Zweige, ehe sie in Berührung übergehen, in 3. 2 Punkten. Deutlich ist dieses der Fall bei 3 Ellipsen, welche sich in 12 reellen Punkten schneiden. Sollen die 3 Curven sich in 2 Punkten berühren, so müssen in jeden Berührungspunkt 6 Schnittpunkte rücken, jeder der 2 Berührungspunkte muss 6 Doppelpunkte involviren.

Es erübrigt noch, darauf hinzuweisen, dass obiges Integral in dem besondern Falle unendlich werden kann, wo im Nenner $\beta = \alpha$ oder $\gamma = \alpha$ wird. Es deutet dieses offenbar an, dass die Zweige der Bildcurve eine innigere Berührung mit einander eingehen. Ueberträgt man ein solches Verhalten der ebenen Curve auf das Verlaufen der entsprechenden Curve auf dem Kegel, so erkennt man, dass durch die Berührung höherer Ordnung in der Ebene auf eine Singularität der Raumcurve hingewiesen wird, welche zunächst in einem wirklichen Doppelpunkte besteht. Dieser Doppelpunkt ferner liegt auf dem Kegel gerade an der Stelle, wo die sich schneidenden Zweige der Raumcurve von der Erzeugenden getroffen werden, auf welcher der Projectionspunkt gewählt ist. Es erniedrigt sich das Geschlecht p dadurch um eine Einheit. Wir haben hier eine specielle Raumcurve 6ter Ordnung vor uns. Die entsprechende Bildcurve hat ausserhalb der 2 ∞ nahen Fundamentalpunkte einen einfachen Doppelpunkt. Eine fernere Erniedrigung des p kann dadurch eintreten, dass die Zweige der Raumcurve, welche den Doppelpunkt bilden, sich berühren. Diese Berührung zählt für 2 Doppelpunkte und wird das Geschlecht um 2 Einheiten erniedrigen. In der Bildcurve werden 2 Doppelpunkte auftreten, welche durch die Berührung höherer Ordnung angedeutet sind und nahe an den Fundamentalpunkten liegen. Es sind dieses Grenzfälle des oben behandelten Falles. Verlegen wir den Projectionspunkt, was gestattet ist, so können wir diese singulären Fälle umgehen und das Unstetigwerden der zu integrierenden Function vermeiden.

Das Geschlecht der Curve [2,2] lässt sich auf demselben Wege ermitteln. Um die Gleichung der Curve aufzustellen, legen wir wieder den Anfangspunkt der Coordinaten in die 2 unendlich nahen Punkte der Fundamentalgeraden. Diese letztere ist Tangente der 2 sich berührenden Zweige; wir nehmen dieselbe zur *y-Axe*. Sehen wir nun endlich die 2 durch den Berührungspunkt gehenden Curvenzweige in der Nähe des Nullpunktes als gerade Linien an, deren Gleichungen

$$a\,x + b\,y = 0$$
$$a_1 x + b_1 y = 0$$

sein mögen, so hat die Gleichung der Curve 6ter Ordnung mit Beziehung auf das oben Gesagte die Form

$$0 = (x + \alpha y^2)\,(x + \beta y^2)\,(ax + by)\,(a_1 x + b_1 y) + \varphi_5 + \varphi_6.$$

Soll aber der erste Term die Curve in der Nähe des Nullpunktes annähernd darstellen, so müssen, wenn man x von der Ordnung y^2 annimmt, die von φ_5 und φ_6 herrührenden Terme sämmtlich von höherer als der 6ten Ordnung werden. Daher muss φ_5 durch x^2 und φ_6 durch x theilbar sein, und die Gleichung der Curve nimmt die Form an:

II. $$0 = (x + \alpha y^2)\,(x + \beta y^2)\,(ax + by)(a_1 x + b_1 y) + x^2 \varphi_3 + x \varphi_5.$$

Die Gleichung der ersten Polare für den unendlich fernen Punkt der x-Axe wird also sein:

$$f'(x) = 0 = (x + \beta y^2)\,(ax + by)\,(a_1 x + b_1 y) + \cdots$$

Die Curve $f'(x) = 0$ hat also im Nullpunkte einen dreifachen Punkt; dasselbe muss daher bei $\Theta = 0$ der Fall sein. Man hat also

$$\Theta = 0 = p\,x^3 + q\,x^2 y + r\,x y^2 + s\,y^3.$$

Wenden wir dasselbe Verfahren, wie oben, auf das Integral $\int \dfrac{\Theta}{f'(x)}\,dy$ an, wo Θ und $f'(x)$ durch die vorstehenden Ausdrücke gegeben sind, so finden wir, dass s verschwinden muss. Es wird also $p = 3$ sein. Eine Singularität, welche von 2 sich berührenden und 2 durch den Berührungspunkt gehenden Curvenzweigen gebildet wird, ist daher 7 Doppelpunkten äquivalent. Man kann dies wieder geometrisch erläutern, indem man 2 Zweige, welche sich in zwei sehr nahen Punkten schneiden, durch zwei andere Zweige schneiden lässt, wobei dann in der That 7 Doppelpunkte auftreten.

Auch hier kann man von einer Berührung höherer Ordnung der 2 Curvenzweige sprechen. Dieselbe deutet dann, wie im vorigen Falle, eine einfache oder höhere Singularität der entsprechenden Curve auf dem Kegel an und erniedrigt demgemäss das p der Curve. Den Werthen von p entsprechend können die Curven [3,0] und [2,2] noch bis zu 4 *resp.* 3 wirkliche Doppelpunkte haben.

In Beziehung auf die Curve [1,4] gibt es kein Integral erster Gattung. Die 4 Zweige, welche die Fundamentalgerade in den 2 unendlich nahen Punkten, dem Coordinatenanfangspunkte, schneiden, sehen wir in der Nähe des Nullpunktes als gerade Linien an, während der fünfte Zweig, welcher die Fundamentalgerade berührt, annähernd durch $x + \alpha y^2 = o$ characterisirt ist. Die Gleichung der Curve wird also

$$0 = (x+\alpha y^2)(ax+by)(a_1 x + b_1 y)(a_2 x+b_2 y)(a_3 x+b_3 y) + \varphi_6$$

sein und, damit der erste Term die Curve in der Nähe des Nullpunktes darstellt, in die Form übergehen

III. $0 = (x+\alpha y^2)(ax+by)(a_1 x+b_1 y)(a_2 x+b_2 y)(a_3 x+b_3 y) + x\varphi_5.$

Die hieraus zu bildende Gleichung der Polare wird eine Curve 5ter Ordnung mit einem vierfachen Punkte repräsentiren, es gibt daher für Θ keinen Ausdruck 3ten Grades also auch kein Integral erster Gattung. Es ist $p = 0$. In der That hat die Curve in diesem Falle einen fünffachen Punkt mit lauter verschiedenen Tangenten, welcher bekanntlich mit 10 Doppelpunkten äquivalent ist.

Die folgende Untersuchung wird uns in den Stand setzen, sämmtliche Singularitäten dieser 3 Arten von Curven 6ter Ordnung aufzustellen. Es soll das Folgende dazu dienen, die Flächen kennen zu lernen, welche in Verbindung mit dem Kegel die Curven erzeugen.

Die Abbildung des Kegels in analytischen Ausdrücken erhält man dadurch, dass man von einem durch den Kegel gelegten ebenen Schnitte ausgeht. Dieser ebene Schnitt wird

zu den Grundgebilden der Ebene, also zu der Fundamentalgeraden und den 2 unendlich nahen Punkten auf derselben,
in einer bestimmten Beziehung stehen. Aus der Gleichung
der ebenen Schnittcurve, als der eines Kegelschnittes, erhält
man dann die sogen. Abbildungsfunctionen. Ist $\xi = 0$, die
Fundamentalgerade, eine Seite des Coordinatendreiecks der
Ebene, $\zeta = 0$ die Dreiecksseite, welche die Linie $\xi = 0$ in
den 2 zusammenfallenden Punkten schneidet, und $\eta = 0$ die
dritte Seite des Dreiecks, so ergeben sich die Abbildungsgleichungen aus der Gleichung des Kegelschnitts, welcher
durch die Dreiecksecke $\xi = 0$, $\zeta = 0$ geht, als die folgenden :

$$\varrho\, x_1 = \xi^2$$
$$\varrho\, x_2 = \xi\eta$$
$$\varrho\, x_3 = \xi\zeta$$
$$\varrho\, x_4 = \zeta^2.$$

Hierin ist ϱ ein unbestimmter Factor, die x_i sind die
Coordinaten des Raumes und ξ, η, ζ die der Ebene.

Von der Gleichung des Kegelschnittes

$$\alpha_1\, \xi^2 + \alpha_2\, \xi\eta + \alpha_3\, \xi\zeta + \alpha_4\, \zeta^2 = 0$$

kommt man durch Einführung der Raumcoordinaten auf die
Gleichung der Ebene, welche den Kegelschnitt ausschneidet;
sie ist

$$\alpha_1\, x_1 + \alpha_2\, x_2 + \alpha_3\, x_3 + \alpha_4\, x_4 = 0.$$

Ebenso wird man von der Gleichung irgend einer ebenen Curve, welche einer Curve auf dem Kegel entspricht,
durch Einsetzung der obigen Ausdrücke zu der Gleichung
einer Fläche gelangen, welche mit dem Kegel die betreffende
Raumcurve gemein hat. Hiervon ausgehend ergeben sich für
unsere Untersuchung folgende Resultate.

Die oben aufgestellten Gleichungen der Curven 6ter Ordnung machen wir durch Einführung der Dreieckscoordinaten
ξ, η, ζ homogen, indem wir $x = \dfrac{\xi}{\eta}$ und $y = \dfrac{\zeta}{\eta}$ setzen.
Führen wir die Multiplikation in der Gleichung (I) aus und
ziehen die Glieder in passender Weise zusammen, so erhält
die Gleichung der Curve [3,0] die Gestalt:

$$0 = x^3 + x^2 \varphi_2(x,y) + x \varphi_4(x,y) + \varphi_6(x,y)$$

oder

$$0 = \xi^3 \eta^3 + \xi^2 \eta^2 \varphi_2(\xi,\zeta) + \xi\eta \cdot \varphi_4(\xi,\zeta) + \varphi_6(\xi,\zeta).$$

Durch Einführung der entsprechenden Raumcoordinaten wird die Gleichung der gesuchten Fläche

$$\Phi_3 = 0 = x_2^3 + x_2^2 \cdot \varphi_1(x_1,x_2,x_4) + x_2 \cdot \varphi_2(x_1,x_3,x_4) + \varphi_3(x_1,x_3,x_4).$$

Dieses ist eine nach x_2 geordnete Gleichung einer allgemeinen Fläche 3ter Ordnung. Die Gliederzahl der Curven und Flächengleichung ist eine verschiedene geworden. Man kann diese Verschiedenheit dadurch beseitigen, dass man eine particulare Gleichung 3ten Grades zur Flächengleichung hinzufügt. Ist die Gleichung des Kegels

$$\Psi_2 = 0 = x_1 \, x_4 - x_3^2,$$

so kann man die Gleichung der Fläche 3ter Ordnung allgemein schreiben

$$\Phi_3 + M_1 \cdot \Psi_2 = 0,$$

wo M_1 ein linearer Factor in x_i ist. Die Fläche 3ter Ordnung und der Kegel haben, wie aus ihren Gleichungen ersichtlich ist, eine allgemeine Lage gegen einander.

Wie in der Gleichung (I) führen wir auch in (II) die Multiplikation aus und erhalten durch Zusammenziehung der Glieder die Gleichung (II) in der Form

$$0 = x^2 \cdot \varphi_2(x,y) + x \cdot \varphi_4(x,y) + \varphi_6(x,y).$$

Die Gleichung der Curve [2,2] in homogenen Coordina- wird also lauten:

$$0 = \xi^2 \eta^2 \cdot \varphi_2(\xi,\zeta) + \xi\eta \cdot \varphi_4(\xi,\zeta) + \varphi_6(\xi,\zeta).$$

Die Gleichung einer Fläche, auf welcher die betreffende Raumcurve liegt, ist demnach

$$\Phi'_3 = 0 = x_2^2 \varphi_1(x_1,x_3,x_4) + x_2 \cdot \varphi_2(x_1,x_3,x_4) + \varphi_3(x_1,x_3,x_4).$$

Es stellt diese Gleichung eine allgemeine Fläche 3ter Ordnung dar, welche durch die Ecke $x_1 = 0$, $x_3 = 0$, $x_4 = 0$ des Coordinatentetraeders d. h. durch die Spitze des Kegels geht. Da die Fläche in der Nähe dieses Punktes durch ihre Tangentenebene ersetzt werden kann, welche den Kegel in 2

Geraden schneidet, so sieht man, dass die Raumcurve daselbst einen wirklichen Doppelpunkt hat, dessen Tangenten diese Geraden sind. Allgemein können wir auch hier für die Gleichung der Fläche 3ter Ordnung setzen:

$$\Phi'_3 + M'_1 \Psi_2 = 0.$$

Die Gleichung (III) der Curve [1,4] endlich ist nach Ausführung der Multiplication von der Form

$$0 = x \cdot \varphi_4(x, y) + \varphi_6(x, y)$$

oder in Dreieckscoordinaten

$$0 = \xi\eta \cdot \varphi_4(\xi, \zeta) + \varphi_6(\xi, \zeta).$$

Hiernach ist die Gleichung der gesuchten Fläche

$$\Phi''_3 = 0 = x_2 \cdot \varphi_2(x_1, x_3, x_4) + \varphi_3(x_1, x_3, x_4).$$

Die Fläche ist von der 3ten Ordnung und besitzt im Punkte $x_1 = 0$, $x_3 = 0$, $x_4 = 0$, der Spitze des Kegels, einen Knotenpunkt. Da in der Nähe des Knotenpunkts die Fläche 3ter Ordnung durch einen Kegel 2ter Ordnung ersetzt werden kann, der mit dem gegebenen sich in 4 Seiten schneidet, so sieht man, dass die Raumcurve daselbst einen vierfachen Punkt hat, dessen Tangenten die genannten 4 Geraden sind. Die Fläche 3ter Ordnung kann man durch die Gleichung

$$\Phi''_3 + M''_1 \cdot \Psi_2 = 0$$

geben, ohne dass dadurch der singuläre Character derselben verloren geht.

Nach diesen Betrachtungen ist es möglich geworden, die Singularitäten der 3 Arten von Curven 6ter Ordnung anzugeben.

Die numerischen Werthe der Singularitäten der Curve [3,0] können wir mit Hülfe der bekannten Formeln berechnen, da es sich um einen vollständigen Schnitt handelt und die beiden Flächen, durch deren Durchdringung die Curve bestimmt ist, eine allgemeine Lage gegen einander haben. Dieselben sind

$$m = 6, \ n = 36, \ r = 18, \ g = 531, \ h = 6, \ \alpha = 60, \ \beta = 0,$$
$$x = 126, \ y = 96, \ p = 4;$$

sie stimmen also mit den Singularitäten der Curve (3,3) auf der allgemeinen Fläche 2ter Ordnung überein.

Die Feststellung der Singularitäten für die Curven [2,2] und [1,4] erfordert die unabhängige Bestimmung irgend einer dritten Grösse neben m und p, welche bekannt sind. Wir wählen die Zahl h der scheinbaren Doppelpunkte, wobei wir dann zugleich sehen, wie viele Doppelpunkte die vielfachen Punkte der Raumcurve involviren.

Die Flächen, welche die Curve [2,2] gemein haben, sind

$$\Psi = 0 = x_1 x_4 - x_3^2$$

$$\Phi = 0 = x_2^2 \cdot \varphi_1(x_1, x_3, x_4) + x_2 \cdot \varphi_2(x_1, x_3, x_4) + \varphi_3(x_1, x_3, x_4).$$

Wir projiciren die Curve vom Punkte $x_1 = 0$, $x_2 = 0$, $x_4 = 0$ aus. Um die Gleichung der projicirten Curve zu finden, eliminiren wir x_3 aus beiden Gleichungen. Zu diesem Zwecke ersetze ich x_3^2 in Φ überall durch $x_1 x_4$; dann nimmt Φ die Form an

$$\Phi = 0 = (x_2^2 \psi_1 + x_2 \psi_2 + \psi_3) + x_3 (x_2^2 \chi_0 + x_2 \chi_1 + \chi_2),$$

wo die ψ, χ Functionen von x_1, x_4 sind, deren Ordnung der Index anzeigt. Da nun aus der Kegelgleichung $x_3 = \sqrt{x_1 x_4}$ folgt, so geht $\Phi = 0$ durch Einsetzen dieses Werthes und Fortschaffen der Irrationalität in

$$(x_2^2 \psi_1 + x_2 \psi_2 + \psi_3)^2 - x_1 x_4 (x_2^2 \chi_0 + x_2 \chi_1 + \chi_2)^2 = 0$$

über. Dies ist die Gleichung der projicirten Curve 6ter Ordnung. Man sieht aus derselben, dass sie in $x_1 = 0$, $x_4 = 0$ einen Doppelpunkt hat; dies gibt aber im Raume auch $x_3 = 0$, also den wirklichen Doppelpunkt der Raumcurve. Die eigentlichen scheinbaren Doppelpunkte finden wir aus den Gleichungen

$$x_2^2 \psi_1 + x_2 \psi_2 + \psi_3 = 0$$
$$x_2^2 \chi_0 + x_2 \chi_1 + \chi_2 = 0.$$

Es sind die Gleichungen zweier Curven 2ter und 3ter Ordnung, welche sich in 6 Punkten schneiden; diese entsprechen den vom Projectionspunkte an die Raumcurve gezogenen Sehnen und liefern die scheinbaren Doppelpunkte der Raumcurve. Dass in der Projection im Ganzen 7 Doppelpunkte vorhanden sind, stimmt mit dem Umstande, dass $p = 3$ ist.

Die Singularitäten der Curve [2,2] werden hiernach:

$$m = 6, \ n = 30, \ r = 16, \ g = 355, \ h = 7, \ \alpha = 48, \ \beta = 0,$$
$$x = 96, \ y = 72, \ p = 3$$

und sind identisch mit denen der Curve (2,4) auf der allgemeinen Fläche 2ter Ordnung.

Wir wenden dasselbe Verfahren auf die Curve [1,4] an, indem wir wieder vom Punkte $x_1 = 0$, $x_2 = 0$, $x_4 = 0$ die Curve projiciren. Setzen wir $\sqrt{x_1 x_4}$ an Stelle von x_3 in die Gleichung

$$x_2 \cdot \varphi_2 (x_1, x_3, x_4) + \varphi_3 (x_1, x_3, x_4) = 0,$$

so wird die Gleichung 6ter Ordnung

$$(x_2 \cdot \psi_2 + \psi_3)^2 - x_1 x_4 (x_2 \chi_1 + \chi_2)^2 = 0,$$

wo die ψ_i, χ_i Functionen von x_1, x_4 der i ten Ordnung sind. Aus der Gleichung folgt, dass die projicirte Curve in $x_1 = 0$, $x_4 = 0$ einen vierfachen Punkt besitzt. Dieser Punkt aber führt im Raume auf die Kegelspitze, repräsentirt also den wirklichen vierfachen Punkt. Die Zahl der scheinbaren Doppelpunkte ist gegeben durch die Gleichungen

$$x_2 \psi_2 + \psi_3 = 0$$
$$x_2 \chi_1 + \chi_2 = 0.$$

Die erstere dieser Gleichungen stellt eine Curve 3ter Ordnung mit einem Doppelpunkte in $x_1 = 0$, $x_4 = 0$ dar, die zweite ist die Gleichung eines Kegelschnitts, welcher die Curve 3ter Ordnung ausser im Punkte $x_1 = 0$, $x_4 = 0$ noch in 4 Punkten schneidet. Diese letztern Punkte sind es, welche den vom Projectionspunkte ziehbaren Sekanten der Raumcurve entsprechen. Die Zahl der scheinbaren Doppelpunkte ist also $h = 4$, der vierfache Punkt ferner erniedrigt das Geschlecht der Curve um 6, so dass $p = 0$ wird und daher die Singularitäten sind:

$$m = 6, \ n = 20, \ r = 14, \ g = 147, \ h = 4, \ \alpha = 24, \ \beta = 0,$$
$$x = 72, \ y = 58, \ p = 0.$$

Weitere Doppelpunkte können nicht auftreten, ohne ein Zerfallen der Curve 6ter Ordnung herbeizuführen.

Die vorstehende Untersuchung gibt zu folgender Bemerkung Veranlassung. Die Zahl der eigentlichen scheinbaren Doppelpunkte des vollständigen Durchschnitts wird im Allgemeinen nicht erniedrigt, auch wenn wirkliche Doppelpunkte ausserdem hinzutreten [1]). Demnach müsste hier $h = 6$ sein, während die directe Berechnung $h = 4$ geliefert hat. Die Erklärung dieser Erscheinung findet sich in dem Umstande, dass in unserm Falle die Flächen einen Knotenpunkt gemein haben. In der Ebene ist dieses in der Weise ausgesprochen, dass der obige Kegelschnitt $x_2\, \chi_1 + \chi_2 = 0$ die Curve 3ter Ordnung im Doppelpunkte schneidet, welcher dem Knotenpunkt der Fläche entspricht.

Curven 6ter Ordnung, für welche es keine characteristische Fläche gibt.

Im Folgenden sollen Curven 6ter Ordnung behandelt werden, durch welche man mehr als eine Fläche 3ter Ordnung legen kann, welche also der theilweise Durchschnitt von Flächen 3ter Ordnung sind. Aus der Schaar von Flächen, welche diese Curven gemein haben, nehmen wir eine heraus, um die ebene Abbildung derselben zur Untersuchung der Curven 6ter Ordnung zu benutzen. Wir beschränken uns darauf, eine allgemeine Fläche 3ter Ordnung zu wählen und die Curven 6ter Ordnung zu untersuchen, welche wir von dieser Fläche ausgehend erhalten; wir betrachten also nur solche Curven 6ter Ordnung, in deren characteristischer Schaar wenigstens eine allgemeine Fläche auftritt.

Die eindeutige Abbildung der allgemeinen Fläche 3ter Ordnung geschieht bekanntlich in der Weise, dass man auf der Fläche 2 sich nicht schneidende Gerade oder eine Raumcurve 3ter Ordnung annimmt. Lässt man dann eine gerade Linie sich so bewegen, dass sie eine zu untersuchende Curve

---

1) Vergl. Raumgeom. von S a l m o n, deutsch bearb. von F i e d l e r, Theil II. pag. 105.

auf der Fläche und die zwei angenommenen Geraden oder
die Raumcurve 3ter Ordnung im Ganzen stets in 3 Punkten
schneidet, so tritt durch die Aufeinanderfolge von Schnittpunkten der sich bewegenden Geraden mit der Bildebene in
dieser eine der Raumcurve Punkt für Punkt entsprechende
Bildcurve auf. Eine Ausnahme von dem eindeutigen Entsprechen machen 6 Punkte der Ebene. Es sind dies die 6
Fundamentalpunkte. Dieselben entsprechen 6 geraden Linien,
welche der Fläche ganz angehören und Sekanten der zu
Grunde gelegten Projectionscurve sind. Ein r facher Punkt
der Bildcurve wird also, wenn er in einen Fundamentalpunkt
fällt, andeuten, dass die Raumcurve r Mal die dem Fundamentalpunkte entsprechende Hauptsekante schneidet. Die
Sätze, welche im Folgenden hauptsächlich zur Anwendung
kommen, sind folgende [1]).

Die Abbildung der Schnittcurve einer allgemeinen Fläche
3ter mit einer Fläche n ter Ordnung geschieht durch eine
Curve $3n$ter Ordnung, welche in jedem der 6 Fundamentalpunkte einen n fachen Punkt hat.

Hat man ferner in der Ebene eine Curve k ter Ordnung,
so ist zunächst die Ordnung N der entsprechenden Raumcurve die Zahl der Schnittpunkte derselben mit einer Ebene
oder mit der ebenen Curve 3ter Ordnung, in welcher die
Fläche von der Ebene geschnitten wird. Nach dem vorigen
Satze entspricht dem ebenen Schnitte eine Curve 3ter Ordnung im Bilde, welche durch die 6 Fundamentalpunkte geht.
Es ist demnach die Ordnung N der Raumcurve die Anzahl
Schnittpunkte der Curve 3ter Ordnung mit der k ter Ordnung in der Ebene mit Abzug der Punkte, welche in die
Fundamentalpunkte fallen. Also

$$N = 3.\,k - \Sigma\,\alpha_i\,,$$

wo α_i angibt, wie oft die Curve k ter Ordnung durch den
$i\,(= 1, 2, 3, 4, 5, 6)$ ten Fundamentalpunkt geht.

Aus der characteristischen Flächenschaar denken wir uns
eine zweite Fläche herausgehoben. Diese schneidet diejenige,
deren Abbildung wir studiren, in einer Curve 9ter Ordnung,

[1]) Vgl. Clebsch: Borchardt's Journ. Bd. 65.

welche aber hier in die zu untersuchende Raumcurve 6ter Ordnung und in eine Curve 3ter Ordnung zerfallen muss. Von welcher Beschaffenheit die Curven 6ter Ordnung sein können, stellen wir auf die Weise fest, dass wir von der Abbildung der Curve 3ter Ordnung ausgehen. Es soll diese Curve, da sie die Curve 6ter Ordnung zu der vollständigen Schnittcurve der Flächen ergänzt, in der Folge die Ergänzungscurve genannt werden. Dieselbe kann nun zunächst eine ebene Curve 3ter Ordnung sein. Ist das der Fall, so folgt, dass man statt der zweiten Fläche 3ter Ordnung die Combination einer Ebene mit einer Fläche 2ter Ordnung setzen kann. Auf der letztern wird dann die zugehörige Curve 6ter Ordnung liegen. Dieselbe Curve resultirt, wenn die Ergänzungscurve in einen Kegelschnitt und eine Gerade, welche in einer Ebene liegen, oder in 3 sich schneidende Gerade ausartet. Nach dem obigen Satze geben die Bestandtheile der Curve 9ter Ordnung in ihrer Abbildung eine Curve derselben Ordnung, welche in jedem Fundamentalpunkte einen dreifachen Punkt besitzt. Da nun die Ergänzungscnrve eine ebene ist, so bildet sie sich als Curve 3ter Ordnung ab, welche durch jeden Fundamentalpunkt einfach geht. Die Curve 6ter Ordnung ist im Bilde also eine Curve derselben Ordnung, welche die 6 Grundpunkte zu Doppelpunkten hat.

Der Kürze halber benützen wir im Folgenden das Symbol: $(a\,b\,c\,d\,e\,f)_k$, wo k die Ordnung der Bildcurve ist und a, b, c . . . die Multiplicität der Fundamentalpunkte anzeigen. Um uns in allen Fällen dieses Symboles bedienen zu können, führen wir in demselben noch die Bezeichnung (-1) und den Index 0 ein. Wir werden von dieser Bezeichnung Gebrauch machen, wenn die Ergänzungscurve zum Theil oder ganz aus Hauptsekanten der Fläche besteht. Halten wir an einer bestimmten Aufeinanderfolge der Fundamentalpunkte oder Hauptsekanten fest, so wird durch $(-1,0\,00\,00)_0$ das Bild der ersten Hauptsekante gekennzeichnet sein. Die Einführung hat ihren Grund im folgenden Satze [1]. Hat eine Fläche $n$ter Ordnung mit einer Fläche

---

[1] Vgl. Clebsch: Mathem. Annalen. Bd. I.

3ter Ordnung eine Fundamentalgerade gemein, so hat das Bild der übrigen Schnittcurve in dem der Geraden entsprechenden Fundamentalpunkte einen $(n+1)$ fachen Punkt, während die Ordnung der Bildcurve vor wie nach $3n$ bleibt. Im vorliegenden Falle wird also ein vierfacher Punkt auftreten können, und in den betreffenden Zahlensymbolen, wo ein Fundamentalpunkt das Bild einer Geraden ist, wird 4 zu addiren sein, damit in jedem der Grundpunkte die gesammte Bildcurve 9ter Ordnung auf diese Weise den erforderlichen dreifachen Punkt bekommt.

Die ebene Curve 3ter Ordnung kann hiernach in der Bildebene sein:

$$(11\ 11\ 11)_3 \quad \text{bzw.} \quad (10\ 00\ 00)_1 \ + \ (01\ 11\ 11)_2$$
$$\equiv (11\ 11\ 00)_2 + (00\ 00\ 11)_1 \equiv (21\ 11\ 11)_3 + (-1,0\ 00\ 00)_0$$
$$\equiv (11\ 00\ 00)_1 + (00\ 11\ 00)_1 + (00\ 00\ 11)_1$$
$$\equiv (11\ 11\ 10)_2 + (10\ 00\ 01)_1 + (-1,0\ 00\ 00)_0.$$

In jedem Falle ist also das Bild der Curve 6ter Ordnung: $(22\ 22\ 22)_6$. Diese Curve ist als auf einer allgemeinen Fläche 2ter Ordnung gelegen bereits früher behandelt.

Es kann somit nur der Fall von Interesse sein, wo die Ergänzungscurve eine Raumcurve 3ter Ordnung ist. Liegen die Bilder dieser Curve vor, so sind damit zugleich die Curven 6ter Ordnung in ihrem Verhalten gegen die Fundamentalpunkte gegeben. Die sämmtlichen Formen der letztern finden sich ferner aus den verschiedenen Gestalten, in denen die Curve 3ter Ordnung vorkommen kann. Die erste Gruppe von Curven 6ter Ordnung wird die sein, für welche die Ergänzungscurve eine eigentliche Raumcurve 3ter Ordnung ist, oder für welche sie aus Theilen besteht, welche man zusammen als eine eigentliche Raumcurve ansehen kann. Für die zweite Gruppe zerfällt die Ergänzungscurve in einen Kegelschnitt und eine denselben nicht schneidende Gerade, wobei der Kegelschnitt wieder in ein Paar sich schneidender Geraden ausarten kann. Für die dritte Gruppe endlich besteht die Curve 3ter Ordnung aus 3 sich nicht schneidenden geraden Linien der Fläche.

A) **Die Ergänzungscurve ist eine eigentliche Raumcurve 3ter Ordnung, oder es sind, wenn sie zerfällt, die Theile derselben einer solchen äquivalent.**

Eine eigentliche oder in unserm Sinne zerfallende Raumcurve 3ter Ordnung bildet sich, jenachdem sie einer der 3 verschiedenen Doppelsechsen conjugirt ist, durch folgende Curven ab.

Durch eine Gerade : $(00\ 00\ 00)_2$

durch eine Curve 5ter Ordnung : $(22\ 22\ 22)_5$

$\equiv (21\ 11\ 11)_3 + (01\ 11\ 11)_2$

$\equiv (11\ 11\ 10)_2 + (10\ 00\ 01)_1 + (01\ 11\ 11)_2$;

durch einen Kegelschnitt : $(00\ 01\ 11)_2$

$\equiv (00\ 00\ 11)_1 + (00\ 01\ 00)_1$;

durch eine Curve 4ter Ordnung : $(11\ 12\ 22)_4$

$\equiv (11\ 11\ 12)_3 + (00\ 01\ 10)_1 \equiv (10\ 01\ 11)_2 + (01\ 11\ 11)_2$

$\equiv (11\ 11\ 10)_2 + (00\ 00\ 11)_1 + (00\ 01\ 01)_1$;

durch eine Curve 3ter Ordnung : $(01\ 11\ 12)_3$

$\equiv (00\ 11\ 11)_2 + (01\ 00\ 01)_1 \equiv (00\ 00\ 01)_1 + (01\ 11\ 11)_2$.

Enthält die Ergänzungscurve unter ihren Bestandtheilen eine oder zwei Hauptsekanten, so sind ihre Symbole :

$(00\ 00\ 01)_1 + (00\ 00\ 0{-}1)_0$; $(10\ 01\ 11)_2 + ({-}1\ 0\ 00\ 00)_0$;

$(11\ 11\ 12)_3 + ({-}1,0\ 00\ 00)_0$;   ausserdem

$(00\ 00\ 11)_1 + (00\ 11\ 00)_1 + (00\ {-}1\ 0\ 00)_0$;

$(01\ 11\ 11)_2 + (00\ 00\ 11)_1 + (00\ 00\ {-}1,0)_0$;

$(10\ 00\ 01)_1 + ({-}1,0\ 00\ 00)_0 + (00\ 00\ 0{-}1)_0$;

$(10\ 11\ 11)_2 + ({-}1,0\ 00\ 00)_1 + (00\ {-}1,0\ 00)_0$;

$(10\ 11\ 11)_2 + ({-}1,0\ 00\ 00)_0 + (11\ 01\ 11)_2$.

Die Curven der Ebene, welche den Raumcurven 6ter Ordnung entsprechen, ergeben sich aus der Ergänzung der vorstehenden Zahlensymbole zu $(33\ 33\ 33)_9$ als die folgenden:

$(33\ 33\ 33)_8$; $(33\ 32\ 22)_7$; $(32\ 22\ 21)_6$; $(22\ 21\ 11)_5$;

$(11\ 11\ 11)_4$.

Wie aus diesen Symbolen erhellt, stehen die Raumcurven 6ter Ordnung mit den Ergänzungscurven zu der jedesmaligen Doppelsechs in bestimmter zugeordneter Beziehung. Diese wird ersichtlich, wenn man auf eine Curve der Ebene, etwa auf $(11\ 11\ 11)_4$ die Cremona'sche Transformation 2ter Ordnung anwendet, indem man ein Coordinatendreieck, dessen Ecken in 3 Fundamentalpunkten liegen, zu Grunde legt. Es lassen sich dann aus der einen Curve der Reihe nach die übrigen ableiten. Dies ist ein Beweis dafür, dass die 5 Raumcurven 6ter Ordnung identisch und nur in der Abbildung verschieden sind. Sie gehören deshalb zu derselben Gruppe, deren Typus die Curve $(11\ 11\ 11)_4$ abgeben möge. Sie müssen also auch sämmtlich durch dieselben Singularitäten characterisirt sein, deren Berechnung mit Hülfe folgender Formeln geschieht [1]). Ist k die Ordnung der Bildcurve, so ist

$$r = k(k+3) - \Sigma \alpha_i (\alpha_i + 1)$$
$$n = 3k^2 - 3\Sigma \alpha_i^2$$
$$\alpha = 6k(k-1) - 2\Sigma \alpha_i (3\alpha_i - 1),$$

wo die ausserhalb der Fundamentalpunkte etwa auftretenden Doppel- und Rückkehrpunkte vernachlässigt sind. Nimmt man hierzu die früher angegebenen Gleichungen, so ergeben sich für die Curven dieser Gruppe die folgenden numerischen Werthe der Singularitäten:

$$m = 6,\ n = 30,\ r = 16,\ \alpha = 48,\ \beta = 0,\ g = 355,\ h = 7,$$
$$x = 96,\ y = 72,\ p = 3.$$

Die Curven können, ohne zu zerfallen, noch bis zu 3 wirkliche Doppel- oder Rückkehrpunkte haben, die Flächen sich also noch in 1, 2, 3 Punkten einfach oder stationär berühren.

  B) Die Ergänzungscurve 3ter Ordnung zerfällt in einen Kegelschnitt bzw. Geradenpaar und in eine den Kegelschnitt nicht schneidende Gerade.

Ist der Kegelschnitt eine eigentliche Curve 2ter Ordnung, so bilden sich Gerade und Kegelschnitt der Fläche

---

[1]) Vgl. Clebsch: Borchardt's Journ. Bd. 65.

offenbar als Curven ab, welche ausser in Fundamentalpunkten sich in keinem weitern Punkte mehr schneiden. Besteht der Kegelschnitt aus einem Paar von geraden Linien, so haben diese 2 Geraden einen Punkt in der Abbildung gemein, welcher nicht in einem Fundamentalpunkte liegt. Hiernach sind die Symbole für die Bilder der Ergänzungscurve hinzuschreiben, und man hat daher die folgenden Curven in der Ebene.

$$C_1 + C_0: \ (00\ 00\ 01)_1 + (-1,0\ 00\ 00)_0;$$
$$C_1 + C_1: \ (00\ 00\ 01)_1 + (00\ 00\ 11)_1;$$
$$C_2 + C_0: \ (00\ 11\ 11)_2 + (-1,0\ 00\ 00)_0$$
$$\equiv C_1 + C_1 + C_0: \ (00\ 00\ 11)_1 + (00\ 11\ 00)_1 + (-1,0\ 00\ 00)_0;$$
$$C_2 + C_1: \ (00\ 11\ 11)_2 + (00\ 00\ 11)_1$$
$$\equiv C_1 + C_1 + C_1: \ (00\ 00\ 11)_1 + (00\ 11\ 00)_1 + (00\ 01\ 01)_0;$$
$$C_2 + C_2: \ (00\ 11\ 11)_2 + (01\ 11\ 11)_2$$
$$\equiv C_1 + C_1 + C_2: \ (00\ 00\ 11)_1 + (00\ 11\ 00)_1 + (01\ 11\ 11)_2;$$
$$C_3 + C_1: \ (11\ 11\ 12)_3 + (00\ 00\ 11)_1$$
$$\equiv C_2 + C_1 + C_1: \ (01\ 11\ 11)_2 + (10\ 00\ 01)_1 + (00\ 00\ 11)_1;$$
$$C_2 + C_1 + C_0: \ (01\ 11\ 11)_2 + (00\ 00\ 11)_1 + (0,-1\ 00\ 00)_0;$$
$$C_3 + C_2: \ (11\ 11\ 12)_3 + (01\ 11\ 11)_2$$
$$\equiv C_2 + C_1 + C_2: \ (10\ 11\ 11)_2 + (01\ 00\ 01)_1 + (01\ 11\ 11)_2.$$

Die Ergänzung der Zahlensymbole vorstehender Curven liefert als Bilder der Raumcurven 6ter Ordnung diese:

$$(43\ 33\ 32)_8; \ (33\ 33\ 21)_7; \ (43\ 22\ 22)_7; \ (33\ 22\ 11)_6;$$
$$(32\ 11\ 11)_5; \ (22\ 22\ 10)_5; \ (21\ 11\ 10)_4.$$

Diese 7 Curven haben sämmtlich das Geschlecht $p = 2$ und sind durch eine quadratische Transformation in einander überführbar. Die Singularitäten derselben sind:

$$m = 6, \ n = 24, \ r = 14, \ \alpha = 36, \ \beta = 0, \ h = 8, \ g = 215,$$
$$x = 70, \ y = 52, \ p = 2.$$

Eine Berührung der Flächen unter sich ist noch in 2 Punkten zulässig. Die für diese Gruppe characteristische Curve sei: $(21\ 11\ 10)_4.$

C) Die Ergänzungscurve 3ter Ordnung besteht aus 3 sich nicht schneidenden Geraden.

Die 3 geraden Linien, welche die Flächen ausser der Curve 6ter Ordnung gemein haben, können zu den 3 verschiedenen Gruppen von Geraden gehören, welche in der Abbildung entstehen. Wir werden demnach in der Ebene als Bilder der Geraden Fundamentalpunkte, Kegelschnitte und gerade Linien haben. Bedenkt man nun, dass die 3 Geraden der Fläche sich nicht schneiden, so können sich gerade Linien und Kegelschnitte, welche die Geraden abbilden, nur in Fundamentalpunkten treffen, dürfen ferner nicht durch solche Punkte gehen, welche selbst Theilen der Ergänzungscurve entsprechen. Die Ergänzungscurven lassen hiernach folgende 9 Gruppirungen in der Ebene zu

$$3\,C_0 : \quad (-1, -1, -1\ 000)_0;$$
$$2\,C_0 + C_1 : (-1, -1, 00\ 00)_0 + (00\ 00\ 11);$$
$$C_0 + 2\,C_1 : (-1,0\ 00\ 00)_0 + (00\ 00\ 11)_1 + (00\ 01\ 01)_4;$$
$$3\,C_1 : \quad (00\ 00\ 11)_1 + (00\ 01\ 01)_1 + (00\ 01\ 10)_1;$$
$$\text{oder}: \quad (00\ 00\ 11)_1 + (00\ 01\ 01)_1 + (00\ 10\ 01)_1;$$
$$C_2 + 2\,C_1 : \quad (01\ 11\ 11)_2 + (00\ 00\ 11)_1 + (00\ 01\ 01)_1;$$
$$2\,C_2 + \quad C_1 : \quad (01\ 11\ 11)_2 + (10\ 11\ 11)_2 + (00\ 00\ 11)_1;$$
$$3\,C_2 \quad : \quad (01\ 11\ 11)_2 + (10\ 11\ 11)_2 + (11\ 01\ 11)_2;$$
$$C_0 + C_1 + C_2 : (-1,0\ 00\ 00)_0 + (00\ 00\ 11)_1 + (01\ 11\ 11)_2.$$

Die gesuchten Curven 6ter Ordnung sind:

$$(444\ 333)_9;\quad (44\ 33\ 22)_8;\quad (43\ 32\ 21)_7;\quad (333\ 111)_6;$$
$$(33\ 22\ 20)_6;\quad (32\ 21\ 10)_5;\quad (22\ 11\ 00)_4;\quad (11\ 10\ 00)_3;$$
$$(42\ 22\ 11)_6.$$

Diese 9 Curven 6ter Ordnung |sind durch die Singularitäten charakterisirt:

$$m = 6,\ n = 18,\ r = 12,\ \alpha = 24,\ \beta = 0,\ h = 9,\ g = 111,$$
$$x = 48,\ y = 36;\ p = 1.$$

Als Typus dieser Curvengruppe, welcher das Geschlecht $p = 1$ zugehört, sehen wir die Curve $(11\ 10\ 00)_3$ an; es hängen die Curven durch die quadratische Verwandschaft in der bekannten Weise zusammen.

Wie der naturgemässe Gang der Untersuchung zeigt, ist hiermit die Reihe der Curven 6ter Ordnung abgeschlossen, welche durch den Schnitt von Flächen 3ter Ordnung, unter denen wenigstens eine allgemeine Fläche ist, erzeugt werden können. Es sind die Gruppen $(11\,11\,11)_4$, $(21\,11\,10)_4$ und $(11\,10\,00)_3$ vom Geschlecht $p = 3, 2, 1$. Curven 6ter Ordnung mit $p = 0$ können nur dann aus der Durchdringung von Flächen 3ter Ordnung hervorgehen, wenn sich · die Flächen bzw. in 3, 2, 1 Punkten einfach oder stationär berühren.

Die characteristische Fläche der Curven 6ter Ordnung ist eine allgemeine Fläche 3ter Ordnung.

Es sollen in diesem Abschnitt Curven 6ter Ordnung untersucht werden, welche so beschaffen sind, dass man durch dieselben nur eine Fläche 3ter Ordnung beschreiben kann, und zwar beschränken wir uns auf den Fall, wo diese Fläche eine allgemeine (ohne jede Singularität) ist. Wir brauchen hier nur die Curven 6ter Ordnung aufzusuchen, welche durch den theilweisen Schnitt der Fläche 3ter mit einer Fläche 4ter Ordnung entstehen. Dass dieses für unsere Untersuchung genügt, kann man dadurch zeigen, dass man von der Abbildung der allgemeinen Fläche 3ter Ordnung ausgehend sämmtliche Curven 6ter Ordnung in ihren Symbolen feststellt und nachsieht, auf welche Weise man eine Ergänzung zu einer vollständigen Schnittcurve vornehmen kann, auf welcher Fläche also die Curven 6ter Ordnung ausser der Fläche 3ter Ordnung noch liegen. Wir gehen dabei aus von der Gleichung

$$6 = 3\,k - \Sigma\,\alpha_i$$

Diese Gleichung führt uns offenbar auch auf die obigen Gruppen von Curven 6ter Ordnung. Wenden wir auf diese das ebene angedeutete Verfahren an, so finden wir zunächst, dass, wie bekannt, eine Ergänzung der Fundamentalpunkte zu dreifachen Punkten vermitteltst Curven 3ter Ordnung möglich ist, dass die Curven 6ter Ordnung also auf Flächen 3ter Ordnung liegen. Wir bemerken ferner, dass die Curven sich gegenseitig ergänzen zu Curven 12ter Ordnung, welche sämmtlich das Symbol $(44\,44\,44)_{12}$ bekommen, wenn man die Zahlen in den Symbolen zusammengehöriger Curven addirt. In jeder der obigen Gruppen finden sich 2 in dieser Weise einander zugeordnete Curven, oder wo es in einer Gruppe nur eine Bildcurve 6ter Ordnung gibt, ergänzt sich diese mit der Curve reciproken Symboles zu einer Curve 12ter Ordnung, welche der Forderung der vielfachen Punkte genügt. Wir sehen daraus, dass wir die Curven der 3 obigen Gruppen auch durch den Schnitt der allgemeinen Fläche 3ter mit einer Fläche 4ter Ordnung erhalten können. Hierdurch werden wir auf folgenden Satz geführt:

Schneiden sich eine allgemeine Fläche 3ter und eine Fläche 4ter Ordnung in einer Curve 12ter Ordnung, welche in 2 eigentliche Curven 6ter Ordnung zerfällt, und ist eine derselben so beschaffen, dass man mehr als eine Fläche 3ter Ordnung hindurchlegen kann, so gilt dasselbe auch von der andern Curve.

Dieser Satz gilt ebenfalls dann noch, wenn eine der Curven 6ter Ordnung in Theile zerfällt, welche man zusammen als einer eigentlichen Raumcurve 6ter Ordnung äquivalent betrachten kann.

Aus der Reihe von Curven, welche wir ferner aus obiger Gleichung als Bilder von Curven 6ter Ordnung erhalten, können wir von vorne herein eine Gruppe ausscheiden. Es sind dies die Curven:

$$\text{I.}\quad \begin{cases} (00\,00\,00)_2\,, \quad (44\,44\,44)_{10}\,, \\ (00\,02\,22)_4\,, \quad (44\,42\,22)_8\,, \\ (42\,22\,20)_6 \text{ oder } (02\,22\,24)_6. \end{cases}$$

Die übrigen noch möglichen Curven sind:

$$\text{II.}\quad \begin{cases} (21\,00\,00)_3,\ (31\,11\,00)_4,\ (32\,22\,00)_5,\ (41\,11\,11)_5, \\ (33\,32\,10)_6,\ (43\,33\,11)_7,\ (52\,22\,22)_7,\ (53\,33\,22)_8, \\ (54\,33\,33)_9. \end{cases}$$

Man sieht auf den ersten Blick, dass die Curven der Gruppe (I) Bilder von Curven 6ter Ordnung sind, welche auf einer Fläche 4ter Ordnung liegen und zwar paarweise zusammengehören. Summirt man nemlich die Indices und die Ziffern in den Zahlensymbolen zweier zugeordneter Curven, so resultirt eine Curve 12ter Ordnung, welche das Bild einer vollständigen Schnittcurve ist. Aus dem Umstande, dass die Symbole nur gerade Zahlen und Indices haben, ist ferner klar, dass, wenn einzelne Gruppen aus den vorstehenden Curven in quadratischer Verwandschaft stehen sollen, die Curven aus (I) mit keiner andern, wohl aber unter sich zusammenhängen können. Das letztere ist in der That der Fall. Geht man nemlich von der Curve $(00\ 00\ 00)_2$ aus, indem man das Coordinatendreieck durch 3 Fundamentalpunkte bestimmt sein lässt, so erhält man durch Anwendung der Transformation 2ter Ordnung der Reihe nach die übrigen Curven der Gruppe (I). Die Curven sind also identisch und bilden Curven 6ter Ordnung ab, welche durch den Schnitt einer allgemeinen Fläche 3ter mit einer Fläche 4ter Ordnung entstehen. Die vollständige Schnittcurve zerfällt dabei in 2 eigentliche Curven 6ter Ordnung, für welche die Fläche 3ter Ordnung die characteristische Fläche ist. Hierin ist zugleich implicite der Satz ausgesprochen:

Zerfällt die vollständige Schnittcurve einer allgemeinen Fläche 3ter mit einer Fläche 4ter Ordnung in 2 eigentliche Curven 6ter Ordnung und ist die Fläche 3ter Ordnung für die eine Curve characteristisch, so ist sie es auch für die andere.

Der Satz behält noch seine Geltung, wenn eine der Curven 6ter Ordnung in äquivalente Theile zerfällt.

Die Singularitäten der Curven aus Gruppe (I), deren Typus der Kegelschnitt : $(00\ 00\ 00)_2$ sei, sind :

$$m = 6,\ n = 12,\ r = 10,\ \alpha = 12,\ \beta = 0,\ h = 10,\ g = 43,$$
$$x = 30,\ y = 24,\ p = 0.$$

Für die Curven der Gruppe (II) machen wir die Voraussetzung, dass die entsprechenden Raumcurven 6ter Ordnung ausser auf der Fläche 3ter ebenfalls auf einer Fläche 4ter Ordnung liegen. Um die Richtigkeit der Voraussetzung darzuthun, müssen wir also die Symbole der Curven zu einer Curve mit dem Symbol $(44\ 44\ 44)_{12}$ ergänzen. Die zu der Curve $(21\ 00\ 00)_3$ gehörige Ergänzungscurve wird demnach eine Curve 9ter Ordnung: (23 44 44)$_9$ sein. Diese Curve muss jedoch zerfallen. Denn legen wir durch die 5 Fundatalpunkte, den ersten ausgenommen, einen Kegelschnitt, so ist dieser dadurch bestimmt. Derselbe wird dann aber mit der Curve 9ter Ordnung 19 Punkte gemein haben, also einen Theil derselben ausmachen. Die Ergänzungscurve der Ebene ist also: (01 11 11)$_2$ + (22 33 33)$_7$. Aus der Gleichung $N = 3.\ 7 - 16$ geht nun hervor, dass die eine der Curven 6ter Ordnung aus einer Curve 5ter Ordnung und einer Geraden besteht, und aus der Vergleichung der Symbole, dass die Gerade die Curve 5ter Ordnung nicht schneidet. Die Ergänzung zu einer Curve 12ter Ordnung ist also möglich, und die Fläche, welche mit der Fläche 3ter Ordnung die Curve (21 00 00)$_3$ erzeugt, ist von der 4ten Ordnung und zwar eine singuläre Fläche, da sie eine gerade Linie enthält. In dem vorstehenden Falle bildete sich diese Gerade als Kegelschnitt ab; als Theil der Ergänzungscurve zu C_5: (32 22 00)$_5$ wird sie durch eine gerade Linie (00 00 11)$_1$ repräsentirt sein, denn sie wird die Curve 7ter Ordnung (12 22 44)$_7$ in 8 Punkten schneiden, also derselben ganz angehören und dieselbe mit der Curve 6ter Ordnung (12 22 33)$_6$ bilden. Diese Curve 6ter Ordnung ist wieder das Bild einer Raumcurve 5ter Ordnung. Die den Flächen gemeinsame Gerade kann endlich eine Hauptsekante der Fläche 3ter Ordnung sein und sich deshalb als Fundamentalpunkt abbilden. Hieraus erklärt sich dann das Auftreten eines fünffachen Punktes in mehreren der obigen Curven. So wird die Ergänzungscurve zu C_9: (54 33 33)$_9$ sein:

$$(-1{,}0\ 00\ 00)_0 + (00\ 11\ 11)_3$$
$$\equiv (-1{,}0\ 00\ 00)_0 + (00\ 01\ 11)_2 + (00\ 10\ 00)_1$$
$$\equiv (-1{,}0\ 00\ 00)_0 + (00\ 00\ 11)_1 + (00\ 01\ 00)_1 + (00\ 10\ 00)_1$$
$$\equiv (-1{,}0\ 00\ 00)_0 + (00\ 11\ 12)_3 + (00\ 00\ 0{,}-1)_0.$$

Wie bei diesen 3 Curven verhält es sich bei allen übrigen der Gruppe (II). Die Gerade bildet sich in einer der 3 bekannten Arten ab. Die den Curven der Gruppe (II) entsprechenden Raumcurven 6ter Ordnung sind also sämmtlich durch den Schnitt der allgemeinen Fläche 3ter mit der singulären Fläche 4ter Ordnung entstanden. Die vollständige

Durchschnittscurve 12ter Ordnung zerfällt dabei in eine eigentliche Raumcurve 6ter Ordnung, in eine eigentliche Raumcurve 5ter Ordnung und in eine Gerade, welche die letztere nicht schneidet. Als Satz können wir dieses so aussprechen:

Zerfällt die vollständige Durchschnittscurve einer allgemeinen Fläche 3ter und einer Fläche 4ter Ordnung in eine eigentliche und eine zerfallende Curve 6ter Ordnung, so ist nur dann die allgemeine Fläche 3ter Ordnung für die Curve 6ter Ordnung characteristisch, wenn die zweite Curve 6ter Ordnung im eigentlichen Sinne zerfällt und zwar aus einer eigentlichen Raumcurve 5ter Ordnung oder äquivalenten Theilen und einer dieselbe nicht schneidenden Geraden besteht, die Fläche 4ter Ordnung also eine singuläre ist.

Der Typus der Curvengruppe (II) sei C_3: (21 00 00)$_3$, aus welcher sich die übrigen Curven durch Anwendung der quadratischen Transformation herleiten lassen. Die Singularitäten der Curven dieser Gruppe sind mit denjenigen der Gruppe (00 00 00)$_2$ vollständig gleichlautend. Die wesentliche Verschiedenheit beider Curvengruppen zeigt sich, wenn man die erwähnte Transformation anwendet. Es ist unmöglich, vermittelst dieser Operation von einer Curve der einen Gruppe zu einer Curve der andern Gruppe zu gelangen. Die Verschiedenheit der Curven kann deshalb nicht von einer verschiedenen Abbildungsweise herrühren, sondern muss in der Beschaffenheit der Curven selbst ihren Grund haben. Diese hängt offenbar ab von der Lage der Flächen gegen einander oder von dem singulären Character der Fläche 4ter Ordnung. Es ist dieses ein neuer Beweis dafür, dass die von Salmon zur Eintheilung der Curven benutzten Singularitäten zur vollständigen Characterisirung derselben nicht ausreichen.

Die Flächen können sich in beiden Fällen wegen $p = 0$ in keinem weitern Punkte berühren, wenn nicht die Curven 6ter Ordnung zerfallen sollen.

Damit ist die Aufzählnng der Curven 6ter Ordnung, welche die allgemeine Fläche 3ter Ordnung zur characteristi-

schen Fläche haben, zum Abschluss gekommen. Es sind damit überhaupt sämmtliche Werthe von k, welche der Gleichung
$$6 = 3\,k - \Sigma\,\alpha_i$$
genügen, erschöpft. Hieraus folgt, dass die Curven 6ter Ordnung, welche durch den Schnitt der Fläche 3ter mit einer Fläche 5ter und höherer Ordnung etwa erzeugt werden, stets so beschaffen sind, dass man durch dieselben eine oder mehrere Flächen 3ter Ordnung legen kann, die Curven also zu einer der obigen Gruppen gehören.

Die characteristische Fläche der Curven 6ter Ordnung ist die windschiefe Fläche 3ter Ordnung.

Die windschiefe Fläche 3ter Ordnung bildet sich in der Ebene ab mit einem festen Fundamentalpunkte P und einer Fundamentalgeraden, welche nicht durch P geht. Der Punkt P ist das Bild der Leitlinie, die Gerade das Bild der Doppelgeraden der Fläche [1]). Wählt man in der Geraden 2 Punkte Q und Q', welche einem Punkte der Doppelgeraden entsprechen, so bilden sich die durch die Leitlinie der Fläche gelegten ebenen Schnitte als Kegelschnitte ab, welche durch den festen Punkt P gehen und die Fundamentalgerade in zwei zu Q und Q' harmonisch liegenden Punkten schneiden. Die Ordnungen zweier entsprechenden Curven auf der Fläche und in der Ebene hängen demnach in folgender Weise zusammen. Ist m die Ordnung der Raumcurve und k die der Bildcurve, so ist m die Anzahl der Schnittpunkte des Kegelschnitts und der Curve $k$ter Ordnung mit Abzug der Zahl α', welche anzeigt, wie oft die Bildcurve durch den Punkt P geht, also
$$m = 2\,k - \alpha'.$$

Das Geschlecht der Curve ist
$$p = \frac{(k - 1 - \alpha')\,(k - 2 + \alpha')}{2}.$$

---

[1]) Vgl. Clebsch: Borchardt's Journ. Bd 67.
   „   Mathem. Annalen Bd I.

Für $m = 6$ erhalten wir also folgende Curven, welche die Curven 6ter Ordnung der Fläche abbilden:

eine Curve 3ter Ordnung mit $k = 3$, $\alpha' = 0$, $p = 1$,

    „   4ter   „   „ $k = 4$, $\alpha' = 2$, $p = 2$,

    „   5ter   „   „ $k = 5$, $\alpha' = 4$, $p = 0$.

Diese sind die einzigen Curven, welche Curven 6ter Ordnung entsprechen können, für jedes andere k würde α' die Ordnung der Bildcurve übersteigen. Führen wir das Symbol $(\alpha')_k$ ein, so sind die Curven 6ter Ordnung nach dieser Bezeichnung: $(0)_3$, $(2)_4$, $(4)_5$.

Die Singularitäten dieser Curven bestimmen wir nach den Formeln, welche wir erhalten, wenn wir in die Gleichungen von Seite 4 die obigen Werthe von m und p einsetzen. Es genügt, die folgenden zu kennen:

$$r = k(k+1) - \alpha'(\alpha'+1)$$
$$n = 3k(k-1) - 3\alpha'^2$$
$$\alpha = 6k^2 - 10k - 2\alpha'(3\alpha' - 1)$$
$$h = 3\frac{k \cdot (k-1)}{2} - 2k\alpha' + \alpha'(\alpha'+1).$$

Berechnet man mit Hülfe dieser Gleichungen die Singularitäten der 3 Curven 6ter Ordnung, so findet man, dass die Curven $(0)_3$ und $(11\ 10\ 00)_3$, $(2)_4$ und $(21\ 11\ 10)_4$, $(4)_5$ und $(00\ 00\ 00)_2$ oder $(21\ 00\ 00)_3$ zusammengehören. Da jedoch die Uebereinstimmung der Singularitäten für uns nicht massgebend sein kann, um Curven zu derselben Gruppe zu rechnen, so ist es nothwendig, eine Untersuchung anzustellen in Betreff der Flächen, auf denen die Curven 6ter Ordnung ausser der Regelfläche 3ter Ordnung noch liegen. Die Betrachtung, welche wir in dieser Absicht vornehmen, ist derjenigen analog, welche wir bei der Untersuchung der Curven 6ter Ordnung auf dem Kegel 2ter Ordnung machten.

Wie vorhin erwähnt, bilden sich die durch die Directrix gelegten ebenen Schnitte der Fläche als Kegelschnitte ab, welche durch den Fundamentalpunkt P gehen und die Fundamentalgerade in 2 zu Q und Q' harmonischen Punkten schneiden. Es seien $\xi = 0$ und $\eta = 0$ die geraden Verbindungslinien der festen Punkte Q und Q' mit P; ferner sei

$\zeta = 0$ die Fundamentalgerade. Aus der angegebenen Lage des Kegelschnittes folgt dann, dass in der Gleichung desselben die Glieder ζ^2 und $\xi\eta$ fehlen müssen und daher die Abbildungsfunctionen der Fläche sind:

$$\varrho\, x_1 = \xi^2$$
$$\varrho\, x_2 = \eta^2$$
$$\varrho\, x_3 = \xi\zeta$$
$$\varrho\, x_4 = \eta\zeta,$$

wo die x_i die Coordinaten des Raumes, ξ, η, ζ die der Ebene, ϱ ein unbestimmter Factor ist [1]).

Um nun die gesuchten Flächen zu erhalten, gehen wir von den Gleichungen der Bildcurven aus. Wir beginnen mit der Curve $(0)_3$. Dies ist eine allgemeine Curve 3ter Ordnung, über welche nichts weiter gesagt ist, als dass sie durch den Punkt P nicht geht; sie schneidet die Fundamentalgerade d. h. $\zeta = 0$ offenbar in 3 Punkten. Die Gleichung der Curve ist also eine allgemeine Function 3ter Ordnung in ξ, η, ζ oder

$$\varphi_3 (\xi, \eta, \zeta) = 0.$$

Um die Schnittpunkte der Curve mit der Fundamentalgeraden zu erhalten, setzt man in der Gleichung $\zeta = 0$. Schreibt man die Gleichung zu diesem Zwecke in der Form

$$a\,\xi^3 + 3\,b\,\xi^2\eta + 3\,c\,\xi\eta^2 + d\,\eta^3 + \zeta \cdot \varphi_2 (\xi, \eta, \zeta) = 0,$$

so liefert uns der erste Theil dieser Gleichung zugleich die 3 geraden Linien, welche den Punkt P mit den betreffenden Punkten auf $\zeta = 0$ verbinden. Die zu jedem der 3 Strahlen und zu $\xi = 0$ und $\eta = 0$ harmonischen vierten Strahlen ergänzen nun die Curve 3ter Ordnung zu dem Bilde des vollständigen Durchschnitts der windschiefen Fläche 3ter Ordnung mit der gesuchten Fläche. Die 3 vierten harmonischen Strahlen erhalten wir dadurch, dass wir in dem ersten Theile der vorigen Gleichung $-\eta$ an Stelle von $+\eta$ setzen. Dieselben werden also gegeben sein durch

$$a\,\xi^3 - 3\,b\,\xi^2\eta + 3\,c\,\xi\eta^2 - d\,\eta^3 = 0.$$

---

[1]) Vgl. Clebsch a. a. O.

Das Product dieser Gleichung in die vorige gibt eine Gleichung 6ten Grades, welche als Curve das Bild der vollständigen Durchdringungscurve beider Flächen ist. Die Curve 6ter Ordnung bildet aber gemäss der Gleichung

$$N = 2 \cdot 6 \qquad 3$$

eine Curve 9ter Ordnung der Fläche ab. Die Fläche, auf welcher die Curve 6ter Ordnung liegt, ist also von der 3ten Ordnung und zwar eine allgemeine Fläche, welche mit der windschiefen Fläche 3 gerade Linien gemein hat.

Die Ausführung der Multiplication obiger 2 Gleichungen liefert die Gleichung

$$0 = a^2 \xi^6 + (6\,ac - 9\,b^2)\,\xi^4 \eta^2 + (9\,c^2 - 3\,bd)\,\xi^2 \eta^4 - d^2 \eta^6$$
$$+ (2\,aB - 3\,bA)\,\xi^4 \eta\,\zeta + \ldots\ldots - d\,F\eta^3 \zeta^3,$$

wo A, $B \ldots\ldots F$ die Coefficienten in $\varphi_2(\xi,\,\eta,\,\zeta)$ sind.

Setzen wir in dieser Gleichung statt der Coordinaten der Ebene die entsprechenden des Raumes, so erhalten wir die Gleichung einer allgemeinen Fläche 3ter Ordnung. Diese Gleichung

$$\varphi_3\,(x_1,\,x_2,\,x_3,\,x_4) = 0$$

enthält die Coefficienten der vorigen Gleichung. Aus ihrer Entstehungsweise folgt, dass beide Flächen 3 gerade Linien gemein haben, obschon es aus der allgemeinen Gleichung 3ten Grades und der Gleichung der windschiefen Fläche

$$x_1\,x_4^2 - x_2\,x_3^2 = 0$$

nicht sofort ersichtlich ist.

Da die Curve $(0)_3$ auf einer allgemeinen Fläche 3ter Ordnung verläuft, und wir nach dem Frühern die sämmtlichen Curven 6ter Ordnung, welche auf dieser Fläche liegen, aufgeführt haben, so steht nichts im Wege, dieselbe als Curve 6ter Ordnung zu betrachten, welche keine characteristische Fläche besitzt, und sie daher zu der Gruppe $(11\ 10\ 00)_3$ zu zählen.

Die Curve $(2)_4$ hat im Fundamentalpuncte $(\xi=0,\ \eta=0)$ einen Doppelpunkt und schneidet die Fundamentalgerade in 4 Punkten. Zu den 4 Strahlen von P nach den Schnittpunkten der Curve mit $\zeta = 0$ und zu $\xi=0$ und $\eta=0$ finden wir die vierten harmonischen Strahlen aus der Gleichung 4ten Grades

$$\varphi\,(\xi,\,-\eta) = 0.$$

Im Basispunkte P ist durch Hinzunahme dieser 4 Geraden ein sechsfacher Punkt entstanden. Die gesammte Bildcurve ist von der 8ten Ordnung, es müsste also die Ordnung der entsprechenden Raumcurve

$$N = 2\,.\,8 - 6 = 10$$

sein. Eine Curve 10ter Ordnung kann jedoch nicht der vollständige Durchschnitt einer Fläche mit der windschiefen Fläche 3ter Ordnung sein. Der folgende Satz gibt uns hierüber Aufschluss. Eine Fläche νter Ordnung schneidet die windschiefe Fsäche 3ter Ordnung in einer Curve 3νter Ordnung; diese bildet sich als Curve 2νter Ordnung ab, welche im Basispunkte P einen νfachen Punkt hat. Der νfache Punkt wird um einen ν'fachen erhöht, wenn die Fläche νter Ordnung eine ν'fache Gerade besitzt, welche mit der Leitlinie der windschiefen Fläche coincidirt [1]). Hiernach ist die Curve $(2)_4$ aus dem Durchschnitt der windschiefen Fläche mit einer Fläche 4ter Ordnung hervorgegangen, welche letztere eine Doppelgerade enthält. Dass dieses so ist und dass ferner die Doppelgerade mit der Leitlinie der windschiefen Fläche zusammenfällt, bestätigt sich analytisch in folgender Weise.

Die Gleichung der Bildcurve 4ter Ordnung ist

$$\zeta^2\,.\,\varphi_2\,(\xi,\eta) + \zeta\,.\,\varphi_3\,(\xi,\eta) + \varphi_4\,(\xi,\eta) = 0.$$

Löse ich obigen Ausdruck $\varphi_4\,(\xi,-\eta)$ in Factoren auf und nehme je nach Umständen mehrere zusammen, so kann ich das Product der beiden Gleichungen in der Form schreiben:

$$\varphi_4\,(\xi,\eta)\,.\,\varphi_4\,(\xi,-\eta) + \varphi_3\,(\xi,\eta)\,.\,\varphi_3\,(\xi,-\eta)\,.\,\zeta\,.\,\varphi_1\,(\xi,-\eta)$$
$$+ \varphi_2\,(\xi,\eta)\,.\,\varphi_2\,(\xi,-\eta)\,.\,\zeta^2\,.\,\varphi'_2\,(\xi,-\eta) = 0.$$

Die Substitution der entsprechenden Raumcoordinaten gibt als Resultat eine Gleichung 4ten Grades in der Gestalt:

$$\varphi_4\,(x_1,x_2) + \varphi_3\,(x_1,x_2)\,.\,\varphi_1\,(x_3,x_4) + \varphi_2\,(x_1,x_2)\,.\,\varphi_2\,(x_3,x_4) = 0.$$

Dies ist in der That die Gleichung einer Fläche 4ter Ordnung mit der Doppelgeraden $x_1 = 0$, $x_2 = 0$, welche mit der Leitlinie der windschiefen Fläche zusammenfällt.

---

[1]) Vgl. Clebsch a. a. O.

Aus dem Vorhergehendeh sehen wir, dass wir wegen der Uebereinstimmung der Singularitäten nicht berechtigt sind, die Curve $(2)_4$ der Curvengruppe $(21\ 11\ 10)_4$ zuzurechnen, dass wir vielmehr die windschiefe Fläche 3ter Ordnung als die characteristische Fläche für diese Curve ansehen müssen. Aus $p = 2$ folgt endlich, dass die beiden Flächen sich noch in 1 oder 2 Punkten berühren können.

Die Curve $(4)_5$ hat in dem Punkte P einen vierfachen Punkt und schneidet die Fundamentalgerade in 5 Punkten. Wir bestimmen, wie vorhin, die Schnittpunkte der Curve mit der Geraden und ergänzen die Curve 5ter Ordnung zu dem Bilde eines vollständigen Durchschnitts durch 5 gerade Linien, welche der bekannten Forderung genügen. Auf diese Weise erhalten wir in P einen neunfachen Punkt und eine Curve von der Gesammtordnung zehn. Nach dem frühern Satze muss also die gesuchte Fläche von der 5ten Ordnung sein und eine vierfache Gerade enthalten, welche bei der Durchdringung beider Flächen mit der Leitlinie $x_1 = 0$, $x_2 = 0$ der windschiefen Fläche zusammenfällt. Auf analytischem Wege ergibt sich das Gesagte, wie folgt.

Die Gleichung der Curve 5ter Ordnung ist

$$\zeta \cdot \varphi_4\,(\xi,\eta) + \varphi_5\,(\xi,\eta) = 0\,;$$

die Gleichung der 5 vierten harmonischen Strahlen ist

$$\varphi_5\,(\xi,-\eta) = 0.$$

Das Product beider Gleichungen liefert die Gleichung der gesammten Bildcurve in der Form:

$$\varphi_5\,(\xi,\eta) \cdot \varphi_5\,(\xi,-\eta) + \varphi_4\,(\xi,\eta) \cdot \varphi_4\,(\xi,-\eta) \cdot \zeta \cdot \varphi_1\,(\xi,-\eta) = 0.$$

Es ist mithin die Gleichung der gesuchten Fläche:

$$\varphi_5\,(x_1,x_2) + \varphi_4\,(x_1,x_2) \cdot \varphi_1\,(x_3,x_4) = 0,$$

woraus hervorgeht, dass die Gerade $x_1 = 0$. $x_2 = 0$ eine vierfache Gerade der Fläche 5ter Ordnung ist. Beide Flächen haben die gerade Linie $x_1 = 0$, $x_2 = 0$ gemein, welche vierfach zählt, ausserdem die 5 Geraden, welche sich in der Ebene durch $\varphi_5\,(\xi,-\eta) = 0$ darstellen, endlich die Curve 6ter Ordnung, in der Ebene: $(4)_5$.

Die Entstehungsweise der Curve $(4)_5$ zeigt, dass dieselbe mit den Curvengruppen $(00\ 00\ 00)_2$ und $(21\ 00\ 00)_3$ nichts als die Singularitäten gemein hat. Die Curve bildet für sich allein eine ganz besondere Art von Curven 6ter Ordnung mit der windschiefen Fläche 3ter Ordnung als Characteristicum.

Curven 6ter Ordnung auf dem Kegel 3ter Ordnung mit einer Doppelgeraden.

Es soll untersucht werden, ob es Curven 6ter Ordnung gibt, für welche der Kegel 3ter Ordnung mit einer Doppelgeraden characteristisch ist. Die Abbildung des Kegels auf einer einfachen Ebene ist möglich, da der ebene Schnitt der Fläche das Geschlecht $p = 0$ hat. Um die Abbildung auszuführen, wählen wir den Projectionspunct auf der Doppellinie. Die Centralprojection eines ebenen Schnittes liefert dann in der Bildebene eine Curve 3ter Ordnung, welche einen festen Doppelpunct mit festen Tangenten besitzt. Die Tangenten entsprechen den Doppelpunktstangenten sämmtlicher ebenen Curven der dreifach unendlichen Schaar, welche auf der Fläche liegen. Als Bild des Kegels können wir deshalb die 3 unendlich nahen Punkte der Ebene ansehen, nemlich den Doppelpunkt der Curve und die beiden Punkte, welche die Tangenten ausserdem mit der Curve gemein haben.

Die Gleichung des Kegels mit der Doppelgeraden $x_1 = 0$, $x_2 = 0$ ist

$$x_1^3 + x_2^3 - x_1 x_2 x_4 = 0.$$

Setzen wir jetzt $\varrho\, x_1 = \dfrac{\xi}{\zeta}$, $\varrho\, x_2 = \dfrac{\eta}{\zeta}$, $\varrho\, x_3 = \dfrac{\zeta}{\zeta}$,

wo ξ, η, ζ die Coordinaten der Ebene und ϱ ein Proportionalitätsfactor ist, so ist nach der Gleichung des Kegels

$$\varrho\, x_4 = \frac{x_1^3 + x_2^3}{x_1 x_2} = \frac{\xi^3 + \eta^3}{\xi \eta \zeta}.$$

Die mit der Gleichung des Kegels äquivalenten Abbildungsgleichungen sind daher

$$\varrho\, x_1 = \xi^2 \eta$$
$$\varrho\, x_2 = \xi \eta^2$$
$$\varrho\, x_3 = \xi \eta \zeta$$
$$\varrho\, x_4 = \xi^3 + \eta^3;$$

also die Gleichung des ebenen Schnittes:

$$0 = \alpha_1 \xi^2 \eta + \alpha_2 \xi \eta^2 + \alpha_3 \xi \eta \zeta + \alpha_4 (\xi^3 + \eta^3).$$

Die Geraden $\xi = 0$ und $\eta = 0$ sind die Tangenten des Doppelpunktes der Curve 3ter Ordnung. Jede derselben ist das Bild des Projectionspunktes, denn sowohl $\xi = 0$ als $\eta = 0$ liefert auf der Fläche den Punkt $x_1 = 0$, $x_2 = 0$, $x_3 = 0$, von dem aus die Projection geschieht. Schneidet also das Bild der Curve 6ter Ordnung, welches der Centralprojection gemäss wieder eine Curve 6ter Ordnung ist, die Fundamentalgeraden $\xi = 0$ und $\eta = 0$ irgend ausserhalb ihres Schnittpunktes, so zeigt das an, dass die Curve auf der Fläche durch den Projectionspunkt geht. So würde ein beliebiger Kegelschnitt, welcher nicht durch den Punkt $\xi = 0$, $\eta = 0$ geht, das Bild einer Curve 6ter Ordnung sein, welche im Projectionspunkte einen vierfachen Punkt hat. Das Vorkommen dieser speciellen Fälle können wir durch die willkürliche Wahl des Projectionspunktes auf der Doppelgeraden vermeiden. Die Bildcurve 6ter Ordnung muss also mit jeder der Geraden $\xi = 0$ und $\eta = 0$ 6 Punkte gemein haben, welche in die 3 unendlich nahen Punkte fallen.

Ein Hindurchgehen der Raumcurve durch die Spitze des Kegels zeigt die Abbildung dadurch, dass die Bildcurve durch den Schnittpunkt von $\xi = 0$, $\eta = 0$ geht, ohne dass eine der Geraden Tangente der Curve ist.

Berührt ein Curvenzweig die eine Gerade, so schneidet er zugleich die andere. Gehen daher a Zweige beliebig durch den Schnittpunkt der beiden Geraden, berühren ferner b Zweige die Gerade $\xi = 0$ und c Zweige die Gerade $\eta = 0$, so muss

$$a + 2b + c = 6$$
$$\text{und} \quad a + b + 2c = 6$$

sein, woraus $b = c$ folgt, d. h. jede Gerade wird in symmetrischer Weise von der Curve getroffen. Wir haben sonach nur die Gleichung

$$a + 3b = 6,$$

wo a die Zahl der Curvenzweige ist, welche durch die Spitze des Kegels gehen, und b angibt, wie oft die Erzeugenden geschnitten werden.

Die Werthe $a = 6$, $b = 0$ sind auszuschliessen, da in diesem Falle die Curve 6ter Ordnung in 6 Gerade zerfällt. Die Werthe, welche der Gleichung genügen, sind also $a = 3$, $b = 1$ und $a = 0$, $b = 2$. Bedienen wir uns des Symboles $((a, b))$, so sind die auf dem Kegel verlaufenden Curven 6ter Ordnung, welche wir betrachten, durch die Symbole gegeben: $((3,1))$ und $((0,2))$.

Die Flächen, welche mit dem Kegel diese Curven gemein haben, lassen sich leicht mit Hülfe der Abbildungsfunctionen aus den Gleichungen der Bildcurven finden.

Die Curve $((3,1))$ hat im Punkte $\xi = 0$, $\eta = 0$ einen fünffachen Punkt, ausserdem die beiden Fundamentalgeraden zu einfachen Tangenten; es ist daher ihre Gleichung

$$\xi \eta \zeta \cdot \varphi_3 (\xi,\eta) + \varphi_6 (\xi,\eta) = 0.$$

Setzen wir die entsprechenden Raumcoordinaten ein, so wird die Gleichung der gesuchten Fläche:

$$x_3 \cdot \varphi_1 (x_1, x_2, x_4) + \varphi_2 (x_1, x_2, x_4) = 0.$$

Es ist dieses die Gleichung einer allgemeinen Fläche 2ter Ordnung, welche durch die Ecke $x_1 = 0$, $x_2 = 0$, $x_4 = 0$ des Coordinatentetraeders geht und diesen Punkt mit der Spitze des Kegels gemein hat.

Die Curve $((0,2))$ berührt mit je 2 Zweigen die Geraden $\xi = 0$ und $\eta = 0$ in ihrem Durchschnittspunkte, hat also da einen vierfachen Punkt. Ihre Gleichung ist

$$\xi^2 \eta^2 \zeta^2 + \xi \eta \zeta \cdot \varphi_3 (\xi,\eta) + \varphi_6 (\xi,\eta) = 0.$$

Die Einführung der Raumcoordinaten liefert die Gleichung einer allgemeinen Fläche 2ter Ordnung in der Form

$$x_3^2 + x_3 \cdot \varphi_1 (x_1, x_2, x_4) + \varphi_2 (x_1, x_2, x_4) = 0.$$

Da beide Curven auf der allgemeinen Fläche 2ter Ordnung liegen, so bilden sie keine neue Art von Curven 6ter Ordnung.